리버스 슬러거

리버스 슬러거 1

한승현 장편소설

초판 1쇄 찍은 날 | 2018년 6월 8일
초판 1쇄 펴낸 날 | 2018년 6월 18일

지은이 | 한승현
펴낸이 | 예경원

기획 | 위시북스
편집책임 | 이규재
편집 | 이즈플러스

펴낸곳 | 예원북스
등록번호 | 제396-2012-000132호
등록일자 | 2012. 7. 25
KFN | 제1-266호

주소 | 경기도 고양시 일산동구 호수로 646-24 위너스21 II 빌딩 206A호 (우).10401
전화 | 031-819-9431 팩스 | 031-817-9432
E-mail | yewonbooks@naver.com

ISBN 979-11-6098-993-9 04810
        979-11-6098-992-2 (set)

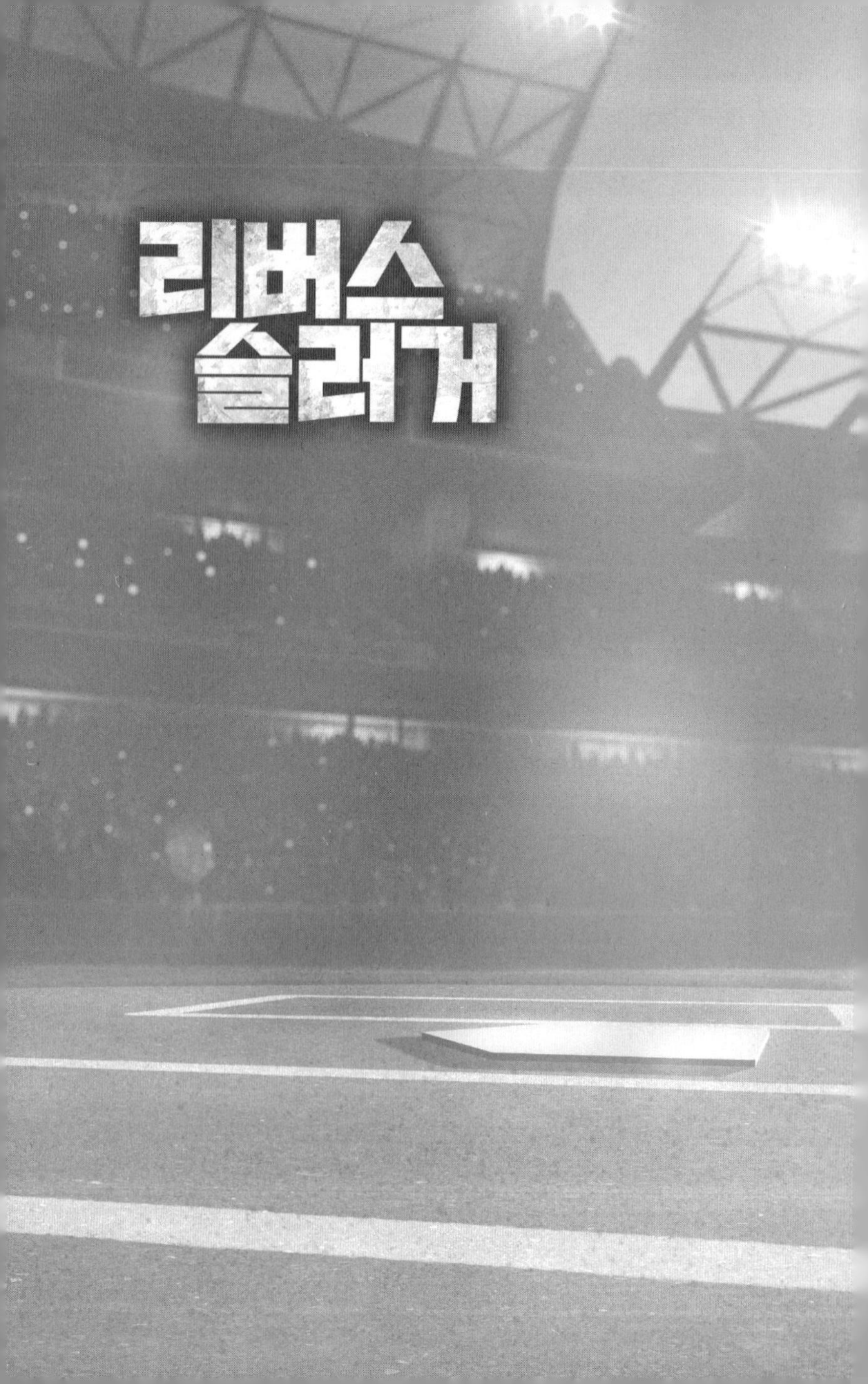
리버스
슬러거

CONTENTS

서장

레드삭스의 성지 펜 웨이크 파크에는 세 개의 동상이 세워져 있다.

하나는 '그'가 나타나기 전까지 메이저리그 마지막 4할 타자였던 테드 윌리엄의 기념 동상.

다른 하나는 '그'가 나타나기 전까지 레드삭스 팬들에게 가장 많은 사랑을 받았던 칼 야스트렘의 기념 동상.

그리고 마지막으로 '그'와 함께했던 레드삭스 4가 나타나기 전까지 레드삭스를 상징했던 팀 메이츠 동상(테드 윌리엄, 존 페스키, 바비 모어, 롬 디마지오).

중복된 테드 윌리엄을 제외하고 펜 웨이크 파크의 역사가 된 선수는 고작 5명뿐이었다. 140년이라는 레드삭스의 역사를 감안했을 때 지나치게 소수에 불과했다. 게다가 다들 2000

년도 이전의 선수였다. 가장 최근까지 활약했던 칼 야스트렘도 1983년에 은퇴를 했으니 동상 속 레전드를 기억하는 팬들은 이제 소수에 불과해졌다.

올해 초, 레드삭스 구단은 10년마다 한 명씩 레전드를 선정해 동상을 제작하겠다는 뜻을 밝혔다. 그리고 곧바로 창단 140주년을 맞아 펜 웨이크 파크에 세워질 4번째 동상의 주인공에 대한 설문 조사를 실시했다.

보스턴 언론은 유력 후보로 1978년 MVP를 차지한 지미 라이스나 타격의 교과서라 불리며 레드삭스와 레이스, 두 구단에서 영구 결번이 된 웨인 보그스를 꼽았다. 또한 최근에 은퇴를 한 데이브 오티즈와 페드로스 마르티네즈를 다크호스로 지목했다.

그러나 정작 팬들은 창단 140년 기념 동상의 주인공으로 다른 선수를 원했다. 메이저리그에서 은퇴한 지 얼마 되지 않아서 레드삭스 구단이 마지못해 후보군에서 제외했던, 한편으로는 150년 기념 동상의 주인공으로 예상하고 있었던 바로 '그'를 말이다.

2

4년 연속 포스트 시즌에 실패한 아쉬움을 달래고자 레드삭스 구단에서는 일찌감치 동상 제작에 들어갔다. 그리고 레드삭스의 마지막 홈 경기가 끝나자 관중들에게 새로 제작된 동상을 선보였다.

"한!"

"한이다! 한이야!"

구장 카메라가 동상을 클로즈업하자 사방에서 관중들의 탄성이 터져 나왔다. 기존의 동상과는 차별화된, 얼굴 생김새가 디테일하게 묘사된 동상은 누가 봐도 한정훈이었다.

"한! 한! 한! 한!"

"한! 한! 한! 한!"

관중들은 너 나 할 것 없이 자리에서 일어나 한정훈을 부르짖었다. 바로 4년 전까지만 해도 펜 웨이크 파크 타석에 서서 그린 몬스터를 훌쩍 넘기는 홈런을 때려내던 레전드를 추억했다.

그때였다.

[루키 루키! 슈퍼 루키 루키 루키!]

갑자기 경기장에 낯설면서도 친숙한 음악이 흘러 나왔다.

한국의 레드망고라는 걸그룹이 불렀고 한정훈이 레드삭스를 떠나는 그날까지 자신의 테마곡으로 사용했던 '루키'였다.

"뭐, 뭐야?"

"설마 한이 온 거야?"

관중들의 시선이 전부 더그아웃 쪽으로 향했다. 그리고 잠시 후, 레드삭스 유니폼을 입은 덩치 큰 사내가 방망이를 들고 천천히 타석에 올라섰다.

그 순간.

"한이다!"

"한! 하아아안!"

펜 웨이크 파크가 떠나갈 듯 함성이 터져 나왔다.

사내, 한정훈은 방망이를 내려놓고 성원해 주는 팬들에게 머리 숙여 감사를 표했다. 그리고 구단이 또 다른 깜짝 이벤트로 초청한, 얼마 전까지 자신과 함께 레드삭스 왕조를 이끌었던 에이스 로한 마르티네스의 시구를 잡아당겨 오른쪽 폴대 근처에 떨어지는 홈런을 만들어 냈다.

펜 웨이크 파크 홈에서 오른쪽 폴대까지의 거리는 고작 90미터. 홈런왕 한정훈의 홈런치고는 아쉬움이 남는 비거리였다.

하지만 정작 레드삭스 팬들은 진기명기라도 본 것처럼 좋아했다.

"우왓! 봤어? 한 폴에 떨어졌어!"

"진짜야! 조금만 더 휘었으면 폴대를 맞힐 뻔했다고!"

펜 웨이크 파크의 명물 중 하나인 오른쪽 폴대는 본래 페스키 폴로 불리었다. 가장 먼저 폴대를 맞추고 홈런을 때린 내야수 존 페스키를 기리기 위해서였다. 그런데 한정훈이 무려 5번이나 오른쪽 폴대를 맞히면서 팬들은 페스키 폴을 한 폴이라 부르기 시작했다.

공교롭게도 한정훈은 거의 매해 오른쪽 폴대를 맞히거나 오른쪽 폴대를 맞힐 뻔한 아슬아슬한 홈런을 때려냈다. 그리고 그때마다 레드삭스는 메이저리그 정상에 올랐다.

"참고로 절대 힘이 떨어진 게 아닙니다. 내 마음 알죠? 이 홈런이 내년, 레드삭스를 월드 시리즈로 이끌어 줄 겁니다!"

오랜만에 마이크를 잡은 한정훈이 변치 않은 입담을 자랑하며 펜 웨이크 파크를 웃음바다로 만들었다.

한정훈에게 가려 영원한 2인자로 불린 로한 마르티네스는 한 술 더 떠 한정훈과 한 폴을 맞히는 연습을 하고 왔다고 허풍을 늘어놓았다.

"자, 에피타이저는 여기까지입니다. 그럼 지금부터 한정훈 선수의 동상 건립 기념식을 시작하도록 하겠습니다."

사회자로 나선 장내 아나운서, 리차드 힐이 전광판을 향해 손을 뻗었다. 그러자 전광판에 한정훈과 로한 마르티네스가 함께 만들었던 레드삭스 왕조가 떠올랐다.

펜 웨이크 파크에 모인 모든 관중의 시선이 전광판으로 향했다. 레드삭스 선수 모두 그라운드에 나와 상기된 얼굴로 영상을 지켜보았다. 심지어 레드삭스에게 패배해 와일드카드 진출이 좌절된 인디언스 선수들조차 운동장을 떠나지 않고 행사에 참여했다.

메이저리그 역사에 길이 남을 레전드를 향해 존경심을 드러낸 것이다.

"어때, 한? 다들 널 잊지 못하는 거 같은데 다시 메이저리그로 돌아올 생각 없어?"

로한 마르티네스가 씩 웃으며 한정훈의 옆구리를 쿡 찔렀다. 그러자 한정훈이 멋쩍은 얼굴로 말했다.

"15년이잖아. 그만하면 됐어."

"그래도 아쉽지 않아? 아까 홈런 치는 거 보니까 10년은 더 뛰어도 되겠던데?"

"물론 아쉽지. 하지만 정상에서 은퇴했으니까 그걸로 만족해."

"쳇, 너 잘났다."

"그래도 가끔 그런 생각은 들어. 다시 한 번 더 우리가 함께 했던 그때로 돌아갈 수만 있다면, 하고 말이야."

"다시 한 번…… 더?"

"그런 게 있어. 짜샤."

"뭐야? 뭔데? 나한테 숨기는 거 있냐?"

"몰라도 돼. 알면 다친다."

한정훈이 피식 웃었다. 그리고 다시 전광판을 바라보며 달콤했던 옛 추억에 젖어들었다.

1장
코치 한정훈

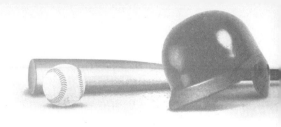

1

"마이크! 잠깐만!"

타석에 들어서려는 거구의 도미니카 용병, 마이크 헌트를 향해 한정훈이 다급히 손짓했다.

"코치, 나 불렀어요?"

마이크 헌트가 눈을 똥그랗게 뜨고 한정훈에게 다가갔다. 그러자 한정훈이 마이크 헌트의 어깨를 감싸며 몸을 돌렸다.

"지금 주자 1, 3루인 거 알지?"

"알죠."

"이번에는 어떻게든 점수 뽑아야 해. 이번에도 놓치면 오늘 경기 어렵다고."

쌀쌀한 바람이 부는 오키나와 고친다 구장에서는 세종 썬더스의 자체 청백전이 한창이었다.

주전 선수들이 주축을 이루는 청팀을 상대로 후보 선수들로 똘똘 뭉친 백팀은 분전하고 있었다.

7회 말 현재 스코어 4 대 2.

청팀이 두 점 차 앞서가고 있긴 하지만 지난 세 차례 청백전에서 열 점 차 이상 완패를 당했던 걸 감안하면 나쁘지 않은 결과였다.

게다가 오늘 청팀의 선발은 구단에서 400만 달러를 주고 데려온 메이저리거 파넬 제이슨이었다.

메이저리그 통산 성적은 46승 44패.

평균 자책점 3.90.

성적만 놓고 보자면 특급 선수는 아니겠지만 올 시즌 한국으로 넘어 온 용병 중에서는 상위권에 랭크되어 있었다.

일주일 전쯤 치러진 첫 번째 자체 평가전에서 파넬 제이슨은 백팀 타자들을 상대로 퍼펙트 피칭을 선보였다. 6회까지 피안타 사사구 없이 삼진만 10개.

만약 마지막까지 공을 던졌다면 연습 경기나마 썬더스 창단 이래 최초의 퍼펙트게임이 나올 뻔했다.

그때 파넬 제이슨에게 받은 충격 때문에 백팀 타자들은 집단 슬럼프에 빠졌다. 그리고 이어진 평가전에서 죽을 쑤며 2

군 타격 코치로 합류한 한정훈을 밤잠 설치게 만들었다.

물론 썬더스 선수들을 지도한 지 채 한 달도 안 된 한정훈에게 백팀의 타격 부진에 대한 책임을 물을 수는 없는 노릇이었다.

하지만 한정훈도 자존심은 있었다. 주전 선수들로 이루어진 청팀에 편성되어 목에 힘을 주고 다니는 1군 코치들에게 지렁이도 밟으면 꿈틀한다는 걸 보여주고 싶었다.

그래서 한정훈은 2군 감독에게 특별히 허락을 받아 적극적으로 타격 지도에 나섰다. 그 결과 3회에 한 점, 5회에 한 점을 만회하며 청팀 벤치를 침묵하게 만들었다.

"이쯤하면 됐어. 더 욕심 부리면 탈난다고."

2군 감독 조장훈은 경기 분위기를 팽팽하게 만든 것만으로도 충분하다고 말했다. 한정훈도 군말 없이 고개를 주억거렸다. 더 이상 청팀을 곤란하게 만들어 봐야 좋을 게 없다고 생각했다.

하지만 지난 며칠 동안 선수 취급도 못 받던 백팀 타자들은 쌓인 게 많은 모양이었다.

특히나 나이 때문에 지난 시즌 절반을 벤치에서 보냈던 1번 타자 이영수와 3번 타자 장건우가 연속 안타를 때려내면서 2사 주자 1, 3루의 천금 같은 기회가 만들어졌다.

"감독님, 딱 한 점만 더 뽑아 보죠? 설마 한 점 가지고 뭐라고 하겠어요?"

선수들의 투지에 자극을 받은 한정훈은 조장훈 감독의 허락을 받고 곧바로 마이크 헌트를 불러들였다.

지난 시즌 고작 100만 달러를 받고 썬더스에 입단한 이 도미니카 용병은 덩치만큼이나 힘이 좋았다. 방망이 중심에 맞히기만 하면 여지없이 타구를 담장 밖으로 넘겨 버렸다.

지난 시즌 마이크 헌트가 때려낸 홈런은 33개였다. 50개의 홈런은 기본 옵션으로 장착한 용병 타자들과 비교할 수 없지만 몸값을 고려했을 때 기대 이상의 활약을 펼쳤다.

하지만 애석하게도 마이크 헌트는 정확도가 형편없었다. 지난 시즌 타율은 0.214로 규정 타석을 채운 선수 중 끝에서 세 번째였다.

게다가 타석에서 참을성도 없었다. 출루율도 고작 0.241에 불과했다. 반면 삼진은 198개나 당했다. 그래서 썬더스 구단은 올 시즌 마이크 헌트를 예비용으로 쓰겠다고 결정했다.

용병 농사를 어떻게 짓느냐에 따라 한 해 성적이 좌지우지되는 만큼 마이크 헌트를 주전으로 쓰는 건 어렵겠지만 만약을 대비해 장타력 하나는 확실한 대체 용병 카드를 손에 쥐고 있겠다는 뜻이었다.

작년에 보여준 깜짝 활약 덕분에 올해 마이크 헌트의 연봉은 20퍼센트 인상됐다(120만 달러). 그러나 마이크 헌트는 돈보다 주전 선수로 뛰길 원했다.

"코치, 나한테도 알려줘요. 코치의 비법. 코치가 하라는 대로 할게요."

마이크 헌트가 비장한 얼굴로 말했다. 한정훈이 만들어 낸 기적 앞에 용병 타자로서의 자존심까지 내려놓은 모양이었다.

'크으. 이 맛에 코치하는 거지.'

한정훈은 순간 코끝이 찡해졌다. 마이크 헌트가 자신의 조언을 받아들이지 않으면 어쩌나 걱정했는데 먼저 청해주니 오히려 고맙기만 했다.

"그럼 좋아. 내 이야기 잘 들어."

한정훈에게 한참 동안 조언을 받고 마이크 헌트는 다시 타석에 들어섰다. 그리고 초구와 2구, 바깥쪽을 파고드는 공을 전부 걸러낸 뒤.

따악!

원 스트라이크 원 볼 상황에서 몸 쪽 높게 날아드는 포심 패스트볼을 그대로 잡아당겨 버렸다.

"빌어먹을!"

묵직한 타격 소리와 함께 순식간에 머리 너머로 사라져 버린 타구를 바라보며 파넬 제이슨이 마운드를 걷어찼다. 그런 파넬 제이슨을 놀리듯 마이크 헌트가 괴성을 내지르며 다이

아몬드를 돌았다.

"나 참. 저 녀석, 안타 하나 때리라고 했는데 담장을 넘겨 버렸네요."

한정훈이 멋쩍게 웃으며 조장훈 감독의 눈치를 봤다. 처음 에는 당혹스러운 표정을 짓던 조장훈 감독은 친 걸 어떻게 하 느냐며 어린아이처럼 좋아하는 마이크 헌트에게 주먹을 내밀 어 주었다.

마이크 헌트의 한 방으로 청백전의 분위기가 확 바뀌었다.

5 대 4로 점수가 뒤집힌 가운데 에이스로 낙점 받은 파넬 제 이슨이 강판됐다.

김경준 썬더스 감독은 1군 불펜 투수를 전부 쏟아부으며 총력전을 펼쳤다. 자체 청백전이라고는 하지만 청팀이 백팀 에게 지는 건 용납할 수 없다며 코칭스태프와 선수들을 다그 쳤다.

그러나 최종적으로 경기는 5 대 4, 백팀의 한 점 차 짜릿한 역전승으로 끝이 났다.

"코치!"

"한 코치님!"

마지막 아웃 카운트를 잡기가 무섭게 선수들이 앞다투어 한정훈에게 달려왔다. 선발 라인업에 포함된 아홉 명의 선수 중 일곱 명이 한정훈의 조언을 받아 파넬 제이슨을 상대로 안타를 때려냈으니 다들 흥분을 주체하지 못했다.

하지만 한정훈은 백팀 선수들의 과한 리액션이 부담스럽기만 했다. 이도 저도 아닌 커리어 때문에 아마추어 야구판을 전전하다가 이제 겨우 프로 구단에 왔는데 이런 일로 윗선에 미운털을 박히고 싶지 않았다.

"다들 잘했어. 실력대로 친 거야. 내가 도와준 건 아무것도 없다고."

한정훈이 도망치듯 자리를 피했다. 때마침 김경준 감독이 선수들을 집합시키면서 한정훈을 헹가래치려던 백팀 선수들의 계획은 실패로 돌아갔다.

"이겨서 기분 좋긴 한데…… 분위기가 영 별로니까 오늘은 조용히 찌그러져 있자."

한정훈은 혹시라도 김경준 감독의 눈에 띌까 봐 풍채 좋은 조장훈 2군 감독 뒤쪽에 몸을 숨겼다.

하지만 조장훈 감독보다 10㎝는 더 큰 한정훈이 눈에 띠지 않을 리 없었다.

"한 코치!"

"……."

"한정훈 코치!"

"아, 넵. 감독님."

"잠깐 나 좀 따라 와요."

"지, 지금요?"

"왜요? 뭐 잘못이라도 했습니까?"

"아닙니다."

김경준 감독은 한정훈을 콕 찍어 감독실로 끌고 갔다. 그러자 다른 코치들이 저럴 줄 알았다며 혀를 찼다.

"멍청한 건지, 미련한 건지 원."

"그러게 말이야. 아니, 다른 코치들은 가만있는데 나서길 왜 나서?"

"대체 저 인간을 누가 데려온 거야? 최 코치야? 아님 김 코치야?"

"아마 이번에 구단에서 공개 채용해서 뽑았을걸요?"

"아, 그걸로 뽑힌 거였어? 어쩐지. 눈치는 더럽게 없더라니."

썬더스에 김경준 감독이 부임한 게 벌써 3년이었다. 그 3년 동안 썬더스는 김경준 사단이 장악하고 있었다.

신생팀의 한계로 성적이 바닥을 기고 일부 언론에서 부진의 주된 이유로 김경준 사단화를 거론하자 고육지책으로 꺼내든 게 코칭스태프 공개 채용이었다.

2군 투수 코치 한 명. 그리고 타격 코치 한 명.

기존의 코치는 대부분 지원을 꺼렸다. 뽑혀봐야 김경준 사단의 눈칫밥이나 실컷 먹다가 1년도 못 채우고 쫓겨날 게 뻔했기 때문이다.

지원 기간을 한 달 가까이 주었지만 2군 투수 코치 지원자
는 고작 세 명에 불과했다. 2군 타격 코치로 지원한 사람은 한
명이 더 적었다. 고작 다섯 명의 후보를 놓고 김경준 감독은
그나마 자신의 말을 잘 들을 것 같은 지원자들을 한 명씩 뽑
았다.

2군 투수 코치로 김성찬 전 성운 고등학교 코치.
2군 타격 코치로 한정훈 전 광일 중학교 코치.

그중 김성찬 코치는 일찌감치 김경준 사단에 적응했다. 김
경준 감독에게 일주일 정도 시달린 이후로 김경준 감독이 싫
어하는 짓은 일체 하지 않았다.

반면 한정훈은 눈치가 좀 없었다. 제법 오래 프로 생활을 해
서인지 붙임성은 좋았지만 오늘처럼 해야 할 일과 하지 말아
야 할 일을 제대로 구분하지 못하는 경우가 많았다.

"그래도 고맙잖아? 캠프 시작하면 하루에 한 명씩은 깨지
는데 저 친구가 도맡아주니 말이야."

수석 코치인 조일훈이 피식 웃으며 말했다. 한정훈 덕분에
김경준 감독에게 불려갈 확률이 반으로 줄어들었으니 불평할
이유가 없다는 것이었다.

"자, 자. 잡설은 이쯤하고 정리들 하자고. 추가로 감독실에

불려가고 싶지 않으면 말이야.”

조일훈 수석 코치의 한마디에 코치들이 언제 그랬냐는 듯 뿔뿔이 흩어졌다. 그렇게 고친다 구장의 오후 훈련이 끝이 났다.

2

“한 코치, 내가 왜 불렀는지 알아요, 몰라요?”

낡은 감독실과는 어울리지 않은 큼지막한 의자에 주저앉으며 김경준 감독이 물었다.

“알 것 같습니다.”

한정훈이 나직이 중얼거렸다. 그러자 김경준 감독이 책상 위에 올려둔 담배를 입에 물며 피식 웃었다.

“알 것 같다……. 어디 말해봐요. 내가 오늘은 또 왜 한 코치를 불렀을지.”

김경준 감독이 길게 불어낸 담배 연기가 한정훈의 코앞까지 달려들었다. 선수 생활 1년 더 해보겠다고 어렵사리 담배를 끊었던 한정훈의 표정이 자연스럽게 일그러졌다.

“아, 미안 미안. 한 코치 담배 안 태운다고 했던가요?”

김경준 감독이 오른손을 들어 두어 번 까닥거렸다. 마치 깜빡 잊고 있었다는 듯이. 절대 고의가 아니라는 듯이.

하지만 썬더스에 합류한 이후 스무 번 가까이 김경준 감독의 호출을 받았던 한정훈은 저 모든 게 계산된 연기라는 걸 너무나 잘 알고 있었다.

'그냥 괴롭히고 싶어서 불렀다 그래라. 괜히 무게 잡지 말고.'

한정훈은 순간 울컥 하고 감정이 치밀어 올랐다. 하지만 턱 밑까지 차오른 그것을 차마 입 밖으로 내진 못했다.

김정준 감독이 원하는 게 바로 이런 하극상이었기 때문이다.

'날 까내고 사단 식구 한 명 늘릴 생각인가 본데 어림없다. 내가 왜 진드기 한정훈인데? 나 그렇게 쉽게 안 떨어진다.'

한정훈은 애써 감정을 되삼켰다. 그리고 머릿속으로 어제 저녁 정리했던 지출 내역들을 떠올렸다.

카드 값이 170만 원. 자동차 할부금이 40만 원. 애들 학원비가 50만 원. 부모님 용돈이 30만 원…….

생활비는 계산하지도 않았는데 벌써 300만원이었다. 쥐꼬리만 한 코치 월급을 전부 털어 넣어도 이번 달 역시 카드 돌려막기를 해야 할 것 같았다.

그런데 김경준 감독을 들이박고 또다시 중학교 야구부 코치 자리나 알아보라니. 어림 반 푼어치도 없는 소리였다.

"죄송합니다, 감독님. 제가 주제넘었습니다."

한정훈은 언제나처럼 먼저 고개를 숙였다. 어차피 이건이길 수 없는 싸움이었다. 지름 7.3㎝의 새하얀 야구공으로 나름 정정당당하게 싸우는 스포츠가 아니었다.

"그러니까 죄송할 짓을 자꾸 왜 합니까?"

김경준 감독이 피식 웃더니 다시 한번 담배 연기를 길게 불어냈다. 그 담배 연기가 또다시 한정훈의 눈매를 굳어지게 만들었다.

"후우……. 한 코치, 잘 좀 합시다."

그렇게 담배 한 대를 전부 태우고 나서야 김경준 감독이 자리에서 일어났다. 어차피 제 식구도 아니고 말로 해봐야 알아듣지도 못할 테니 이런 식으로 담배 연기 고문을 하고 끝내려는 모양이었다.

"네, 잘하겠습니다, 감독님."

한정훈이 냉큼 고개를 숙였다. 그러면서 김경준 감독이 감독실을 나가기만을 기다렸다.

김경준 감독도 더는 볼일이 없는 듯 한정훈의 옆을 지나 출입문 쪽으로 걸어갔다. 그러다 잠깐 걸음을 멈추더니 매워진 눈을 손등으로 막 비비려던 한정훈에게 다시 몸을 돌렸다.

"아 참, 그리고 말입니다. 그거…… 어떻게 한 겁니까?"

"……네?"

"홈런 말이에요. 홈런. 마이크 헌트에게 대체 뭔 소릴 한 겁니까?"

"아, 그게 말입니다……."

한정훈은 순간 어이가 없었다. 어쩌면 이 방에 들어오기가 무섭게 가장 먼저 물었어야 할 질문이 이제야 튀어나오고 있었다.

'뭐라고 말하지? 그냥 솔직하게 질러볼까?'

한정훈은 잠시 고민했다. 만약에 김경준 감독이 자신의 지도 능력을 긍정적으로 받아들인 거라면 16년의 선수 생활과 10년의 아마추어 지도자 생활을 통해 완성시킨 타격 이론에 대해 적당히 썰을 풀어보는 것도 나쁘지 않겠다는 생각이 들었다.

그러나 자신이 크게 착각했다는 걸 깨닫기까지는 그리 오랜 시간이 걸리지 않았다.

"한 코치가 대단한 타격 이론가도 아니고…… 뭡니까? 역시나 사인이라도 훔친 겁니까?"

김경준 감독이 단정하듯 말했다. 그러고는 아무런 변명도 하지 못하게 경멸어린 눈으로 한정훈을 쏘아보았다.

그 상황에서 한정훈이 할 수 있는 건 그저 죄송하다며 고개를 숙이는 것뿐이었다.

"거참. 코치라는 사람이 말이야……."

김경준 감독이 구시렁거리며 감독실을 나섰다. 그로부터 한참이 지나서야.

"젠장할."

한정훈은 나지막이 욕지거리를 내뱉을 수 있었다.

3

"후우……."

뒤늦게 감독실을 나선 한정훈은 곧장 숙소로 움직였다. 오후 훈련이 끝났으니 이제 곧 저녁 식사 시간이었지만 자신을 사인이나 훔치는 형편없는 코치라고 생각하는 인간들과 뒤엉켜 아무렇지도 않게 밥을 먹을 자신이 없었다.

"라면이나 먹자."

한정훈은 식료품 캐리어 안에 차곡차곡 포개놓은 컵라면 용기를 하나 빼냈다. 그리고 큼지막한 밀폐 용기 안에서 반쯤 부서진 라면 뭉치를 용기 안에 집어넣고 스프와 함께 뜨거운 물을 부었다.

"이놈의 라면. 진짜 질리도록 먹었었는데……."

잠깐 신세타령을 하는 사이 라면은 금세 익어버렸다.

"후우……. 먹자. 먹어. 다 먹고 살자고 하는 짓이니까."

한정훈이 라면을 한 젓가락 크게 떠올렸다.

그때.

퉁퉁퉁! 퉁퉁퉁!

문소리가 요란스럽게 울렸다.

"누구지?"

한정훈은 라면 용기를 내려놓고 조심스럽게 문가에 섰다.

혹시라도 잔소리꾼 조일훈 수석 코치라면 없는 척 굴 생각이
었다.

그러나 다행히도 라면 타임의 방해꾼은 조일훈 코치가 아
니었다.

"정훈이 형, 안에 있는 거 다 알아요. 문 좀 열어줘요."

"뭐야, 영수냐?"

"건우도 같이 왔어요. 좀 들어갈게요."

"야, 나 방 지저분해!"

문을 열기가 무섭게 이영수와 장건우가 방 안으로 밀고 들
어왔다. 어지간하면 내쫓으려 했지만 둘의 손에 들린 두둑한
비닐봉투 앞에 한정훈은 언제 그랬냐는 것처럼 환하게 웃으
며 자리를 내주었다.

"이게 다 뭐냐?"

"뭐긴 뭐예요. 왠지 우리 때문에 형 쫄쫄 굶고 있을 것 같아
서 편의점 좀 털었죠."

"다른 코치들이 별말 안 해?"

"오히려 청팀 놈들 신경 건드리지 말고 조용히 식사하라고
하던네요? 그래서 그냥 짜증 나서 나와 버렸어요."

이영수가 사 가지고 온 음식들을 테이블 위에 쭉 늘어놓았
다. 치킨부터 시작해 각종 도시락과 빵, 과자에 각종 주류에
이르기까지 열댓 명이 밤새 먹고 즐겨도 남아돌 정도였다.

"뭐야? 아직 야간 훈련 남았는데 맥주는 왜 사온 거야?"

"아, 몰랐어요? 우리 오늘 야간 훈련 날아갔어요."

"왜?"

"왜긴 왜에요. 우리가 이겼잖아요. 아마 밤늦게까지 청팀 놈들 펑고 받아야 할 거예요."

"거참. 운동장도 넓던데 같이 훈련하게 해주지."

"차라리 잘 됐어요. 적어도 오늘은 청팀 놈들하고 말 섞고 싶지 않았으니까."

이영수가 대수롭지 않게 말했지만 현재 썬더즈는 1군 주전 멤버들과 비주전들 간의 감정의 골이 깊은 상태였다.

김경준 감독이 젊은 신인들에게 기회를 주겠다는 핑계로 자신의 마음에 드는 선수들을 편애하는 과정에서 본래 1군 주전 멤버들이 상당수 백업이나 2군으로 밀려나 버렸기 때문이다.

이영수와 장건우도 김경준 감독의 눈 밖에 난 이후로 1군과 2군을 오가며 고생하고 있었다. 그런데 잘했다는 이유로 또다시 김경준 감독에게 찍히게 되자 한정훈은 괜히 미안한 마음이 들었다.

"그나저나 뭘 이렇게 많이 사온 거야? 너 이렇게 쓰면 제수 씨가 뭐라고 안 하냐?"

"형도 참. 왜 그래요? 나 이영수에요. 아직 와이프 눈치 볼 정도는 아니라고요."

"그래도 아껴 써야지, 인마. 너도 내일 모래면 은퇴해야 하는데……."

"거참. 그냥 고맙다 한마디면 될 걸 가지고 잔소리는. 그리고 걱정 마요. 돈은 건우가 다 냈으니까."

"짠돌이 장건우가 웬일이야?"

"저 자식. 오늘 안타 2개 때렸잖아요. 오늘 같은 날은 좀 쏴야죠."

"그러는 너도 안타 2개 때렸거든?"

"에이, 저는 단타만 2개고, 건우는 3루타 때렸잖아요. 사사구도 하나 고르고. 기찬이 자식은 오늘 무안타였으니까 건우가 사는 게 맞죠. 안 그래?"

이영수가 씩 웃으며 장건우에게 캔맥주를 던졌다. 그러자 쓸데없이 분위기를 잡고 있던 장건우가 호들갑스럽게 음료를 품에 안았다.

"야, 인마. 똑바로 못 던져?"

"너는 2루수가 그것도 제대로 못 받냐?"

"네가 엿같이 던졌잖아."

"네가 못 받은 거라니까?"

"너 손가락 빨고 싶냐?"

"와, 치사한 놈. 이거 네가 계산했다, 이거지? 그래 그래.

알았다. 알았어. 그거 이리 다시 던져. 그리고 이거 마셔. 자.
내가 아예 따다 받칠 테니까."

이영수는 새 음료를 뚜껑까지 따서 장건우에게 내밀었다.
그러자 장건우가 흡족한 얼굴로 고개를 주억거렸다.

"역시 술은 이영수가 따다 주는 캔맥주가 최고지."

"치사한 놈. 그거 마시고 배탈이나 나라."

이영수는 한정훈에게도 캔맥주를 건넸다.

"그래 까짓 거. 마시자. 어차피 나 찾을 사람도 없을 테니까."

한정훈도 망설이지 않고 캔맥주를 들이켰다.

꿀꺽. 꿀꺽. 꿀꺽. 꿀꺽.

"크으, 좋다!"

"뭘 그렇게 빨리 마셔요?"

"잔소리 그만 하고 하나 더 줘봐."

"자요. 아직 본 게임 아니니까 천천히 마셔요."

"그게 무슨 소리야? 누가 더 오는 거야? 설마 백팀 애들 다
오는 건 아니지?"

"이 좁아터진 방에 그 숫자가 어떻게 다 들어오겠어요.
그리고 걔들은 코치들 눈치 봐야 해서 오라는 소리도 안 했
어요."

"그럼 누가 오는 건데?"

한정훈이 불안한 눈으로 이영수를 바라봤다. 적어도 제 앞

가림은 한다는 이영수, 장건우와 어울리는 것도 부담스러운데 괜히 엄한 선수 인생 망치게 될까 봐 겁이 났다.

그때였다.

"코우치~"

문이 열리고 거구의 흑인 사내가 방 안으로 난입했다.

"뭐야, 마이크잖아?"

한정훈이 당황한 얼굴로 이영수를 바라봤다. 그러자 이영수가 어쩔 수 없었다며 멋쩍게 웃었다.

"말도 마요. 우리가 형 만나러 가는 줄 어떻게 알고 쫓아와서는 끼워달라고 난리쳤다니까요?"

"그렇다고 마이크를 데려 오면 어떻게 해?"

"그래서 말렸는데 마이크가 형한테 꼭 고맙다고 인사하고 싶다고 해서 오라고 했어요."

"오우, 코치. 난 괜찮아요. 그러니까 내 걱정하지 않아도 좋아요."

마이크는 혹시라도 한정훈이 자신을 쫓아낼까 봐 침대에 엉덩이를 붙이고 주저앉았다. 그러고는 가슴에 품고 온 희한하게 생긴 술을 내려놓았다.

"이거 내가 여행가서 사 온 귀한 술이에요. 한국에서 홈런왕 되면 마실 생각이었는데 오늘 기분이 너무 좋으니까 해치워 버려요."

"그래도 되는 거야?"

"괜찮아요, 코치. 난 지금 홈런왕이 된 것 같은 기분이니까요."

마이크 헌트는 아직까지도 홈런의 여운에 빠져 있었다. 하기야 구단에서 계륵 취급을 받다가 올 시즌 1선발로 예정된 파넬 제이슨의 공을 담장 밖으로 넘겨 버렸으니 들뜬 것도 무리는 아니었다.

"오늘 잘하긴 했지만 이 귀한 술을 깔 정도는 아닌 거 같은데."

"무슨 소리예요, 코치. 아까 타구가 장외로 날아간 거 못 봤어요? 조금만 더 타이밍이 맞았다면 아마 한국까지 날아갔을 거라고요."

"뭐? 한국? 너 영수랑 놀지 마라. 못 보던 사이에 허풍만 늘었어."

한정훈이 피식 웃었다. 덩치에 맞지 않게 수다스러운 게 귀엽다가도 고작 연습 게임에서 때려낸 홈런에 큰 의미를 부여하는 마이크 헌트를 보니 한편으로 애잔한 마음이 들었다.

하지만 한정훈은 감히 마이크 헌트를 동정하지 않았다. 선수 시절만 놓고 보자면 자신이 마이크 헌트보다 나은 건 하나도 없었다.

"자, 자! 잡담은 여기까지 하고 일단 입가심부터 해."

술병을 받아 든 이영수가 물물교환을 하듯 캔맥주를 내밀었다. 마이크 헌트는 한정훈이 했던 것처럼 캔맥주를 단숨에 들이켜고는 꺼억 하고 시원하게 트림을 내뱉었다.

"그런데 코치, 어떻게 안 거예요?"

"뭐가?"

"파넬 제이슨이 몸 쪽 높은 포심 패스트볼을 던질 거라는 거요. 그거 어떻게 알았어요?"

마이크 헌트가 살짝 벌게진 얼굴로 물었다. 파넬 제이슨이 오늘 경기에서 딱 3개를 던졌던 몸 쪽 하이 패스트볼이 자신의 타석에 들어왔던 게 여전히 신기한 모양이었다.

"그야…… 파넬 제이슨이 원래 자주 던지는 코스잖아."

한정훈은 대충 말을 얼버무렸다. 기분 좋게 한잔하자고 모인 자리에서 괜히 분위기를 망치고 싶지 않았다.

하지만 마이크 헌트도 바보는 아니었다.

"솔직히 말해줘요. 초구나 2구에 포심 패스트볼이 들어오면 건드리지 말고 씩 웃으라는 거, 그것 때문이죠? 그렇죠?"

"글쎄다."

"코치, 나도 내가 파넬 제이슨보다 형편없다는 거 알아요. 하지만 결국 난 파넬 제이슨에게 홈런을 때려냈다고요. 그러니까 솔직히 말해줘요. 한국의 홈런왕이 되어서 메이저리그로 복귀하겠다는 내 꿈은 아직 포기하지 않았다고요."

마이크 헌트의 집요함에 한정훈도 이내 두 손 두 발 다 들었다. 그러고는 마이크 헌트에게 미처 다 설명하지 못했던 파넬 제이슨의 공략법을 일러 주었다.

메이저리그 출신답게 파넬 제이슨은 자신의 포심 패스트볼에 대해 상당한 자부심을 가지고 있었다. 리포트에 적힌 작년 최고 구속은 무려 97mile/h(≒156.1㎞/h).이었다.

시즌 개막까지 한 달이 넘게 남았는데도 벌써 94mile/h(≒151.3㎞/h).이라는 준수한 구속을 자랑하며 김경준 감독을 미소 짓게 만들고 있었다.

게다가 파넬 제이슨은 제구도 상당히 안정적이었다. 탈삼진/사사구 수치가 무려 3.8이었다. 특별히 탈삼진을 많이 잡는 유형의 투수가 아닌 걸 감안하면 사사구를 거의 내주지 않는다고 봐야 했다.

빠른 구속과 안정적인 제구. 그리고 메이저리그 커리어까지.

파넬 제이슨은 썬더스가 올 시즌 꼴찌 탈출을 목표로 400만 달러라는 거금을 쏟아부을 만한 가치가 있는 선수였다.

하지만 그렇다고 해서 약점이 없진 않았다.

하나는 대부분의 물 건너 온 용병 투수들이 가지고 있는 우월감.

다른 하나는 상체 위주의 투구 스타일.

컨디션이 좋을 때 이 두 가지 약점은 아무런 문제가 되지 않았다. 그러나 위기에 몰린 상황에서 평정심마저 깨져 버리면 이 두 가지 약점에 발목을 잡힐 수밖에 없었다.

"그러니까 형 말은 마이크가 비웃은 것 때문에 파넬 제이슨이 발끈해서 승부를 걸었다는 건데. 어떻게 몸 쪽 하이 패스트볼을 확신한 거야?"

잠자코 듣고 있던 이영수가 대화에 끼어들었다. 그러자 장건우가 알 것 같다며 대신 말을 받았다.

"민수 그 새끼 뻑 하면 몸 쪽에 위협구 붙이잖아."

"아, 맞다. 그렇지. 그런데 파넬 제이슨 공은 거의 스트라이크로 들어왔는데?"

"생각해 보니까 그러네. 그럼 뭐지?"

이영수와 장건우가 해답을 구하듯 한정훈을 바라봤다.

하지만 두 사람이 생각하는 것처럼 어마어마한 비밀 같은 건 없었다.

"건우 말이 맞아. 민수 녀석, 투수가 흥분했다 싶으면 일부러 위협구 요구하잖아. 스트레스 풀라고. 그거 노린 거야. 거기에 파넬 제이슨이 제구가 좋다는 걸 감안한 거고."

"그러니까 형 말은 파넬 제이슨이 제구가 좋으니 위협구를 던져도 칠 만한 공이 들어올 거다 이거야?"

"그래, 앞서 용운이가 시간 끈다고 위협구 들어왔을 때도 스트라이크존에서 공 두 개 정도 빠진 공이 들어왔거든. 민찬이가 기습 번트 두 번 시도했을 때도 마찬가지였고."

"와, 형은 어떻게 그걸 다 기억해?"

"그럼. 인마, 이 나이에 먹고 살려면 다 기억하고 있어야지. 그것도 못 하면 코치질 하겠냐?"

한정훈이 대수롭지 않게 말했다.

그러나 얼마 전까지 한정훈을 뜨내기 코치로 여겼던 이영수와 장건우는 놀람을 감추지 못했다.

"다시 정리하자면 파넬 제이슨이 흥분해서 던지면 구위가 떨어지는데 그 공이 하필이면 마이크가 가장 좋아하는 몸 쪽 높은 데로 몰린 거고 그걸 마이크가 받아친 거다, 이거지?"

"반쯤은 운이야. 솔직히 난 희생 플라이면 족하다고 생각했으니까."

"와, 이 형 진짜 보면 볼수록 사람 놀라게 만드네."

"그러게. 나 진짜 정훈이 형 다시 봤다. 아니, 코치님. 앞으로 한 코치님이라고 깍듯이 모실게요."

"나도, 나도."

"나도예요. 코우치~"

"시끄럽고 술이나 마시자. 빨리 마시고 쉬어야 내일 경기

뛰지."

한정훈은 코치랍시고 번데기 앞에서 주름 잡고 싶지 않았다. 비록 자신보다 후배이긴 하지만 이영수와 장건우는 타 구단 팬들조차 인정하는 선수들이었다. 좋은 감독 만나서 제대로만 뛴다면 FA 때 4년 80억 정도는 우습게 받을 수 있었다.

마이크 헌트도 트리플 A에서 한 해 30개의 홈런을 때려낼 정도로 압도적인 장타력을 가지고 있었다.

'내 주제에 무슨⋯⋯.'

한정훈은 입 밖으로 튀어나오려는 말들을 애써 되삼켰다.

하지만 그 인내심은 오래 가지 않았다.

"그러니까 건우 너는⋯⋯."

채 한 시간도 지나지 않아서 한정훈은 경험으로 터득해 아마추어 지도자 시절을 거쳐 완성시킨 자신만의 타격 이론을 부지런히 설파하기 시작했다.

"확실히 형 말이 맞는 거 같아요."

한정훈이 한 마디 할 때마다 장건우는 묵묵히 고개를 주억거렸다. 평소 주변의 조언을 잘 받아들이지 못하는 성격이지만 경험에서 우러러 나온 말들이다 보니 느낌부터가 달랐다.

"그럼 그땐 어떻게 해야 하는데?"

이영수는 자신이 궁금했던 점을 적극적으로 질문했다. 재작년에 타격 2위까지 할 만큼 맞히는 재주만큼은 타고났다는 소릴 들었지만 한정훈의 가르침 앞에서는 호기심 왕성한 어린아이가 되어버렸다.

"코우치! 코우치! 나도요. 나도 알려줘요."

마이크 헌트는 욕심이 많았다. 장건우나 이영수에 대한 이야기가 길어질라 치면 냉큼 끼어들었다.

"내가 몇 번 말하지만, 들을 것만 듣고 쓸데없다 생각하는 것들은 버려. 내 말 무슨 소리인지 알지?"

모처럼 코치질에 열중하면서도 한정훈은 내심 걱정도 앞섰다. 혹여 자신의 타격 이론이 이영수와 장건우, 마이크 헌트에게 독으로 작용할까 봐 겁이 나기도 했다.

하지만 세 사람은 광신도라도 되는 것처럼 한정훈의 한 마디, 한 마디에 귀를 기울이고 마음을 열었다.

그렇게 한정훈 위로 파티가 한정훈 야구 교실로 바뀌었다.

4

"형, 미안한데 나 잠깐 담배 한 대만 피고 올게요."

"나도 같이 가."

세 시간 가까이 식후땡의 욕망을 참던 이영수와 장건우가 동시에 자리에서 일어났다.

"여기까지 하자. 나도 좀 쉬어야지."

한정훈이 갈라진 목소리로 말했다. 세 사람을 상대로 쉴 새 없이 떠들어대다 보니 벌써 진이 빠질 지경이었다.

하지만 한정훈의 진가를 알게 된 이영수와 장건우는 이쯤에서 물러설 생각이 눈곱만큼도 없었다.

"마이크, 우리 갔다 올 동안 정훈이 형 잘 지켜. 알았지?"

"잠 못 자게 술 좀 먹여. 그렇다고 취하게 만들진 말고."

"알았어. 걱정 마~"

마이크 헌트가 대단한 임무라도 부여받은 것처럼 고개를 주억거렸다. 그런 마이크 헌트를 뒤로 하고 이영수와 장건우는 멀찍이 떨어진 흡연실로 들어갔다.

"후우……. 이제 좀 살 것 같다."

"나도. 진짜 어찌나 태우고 싶던지. 너 아니였음 내가 먼저 박차고 나왔을 거다."

"그래도 정훈이 형 대단한 거 같지 않냐?"

"그러게. 까놓고 말해서 커리어가 좋아 아니면 지도자 경험이 풍부해? 그런데도 저만큼 잘 아는 거 보면 놀랍다니까."

"그렇지? 나도 내가 아는 한정훈이 맞나 싶었다니까?"

"그러고 보면 그때 정훈이 형 그랬던 것도 이해가 가긴 한다."

"그때?"

"왜 우리 프로 들어오고 얼마 안 되어서. 정훈이 형 은퇴 안 한다고 버텼잖아. 1년만 더 하겠다고."

"아, 그때? 그땐 진짜 꼴불견이었잖아."

"내가 듣기론 그때 감독하고 무슨 내기 같은 걸 했다던데……."

"무슨 내기?"

"퓨처스에서 홈런 10개 치면 1군 올려주기로 말이야."

"그게 말처럼 쉽냐?"

"그런데 쳤어. 정훈이 형."

"뭐? 정말?"

"그것도 2달 만에 10개 채웠어. 내가 그때 손목 부상으로 퓨처스 내려가 있어서 직접 봤거든. 10번째 홈런 때리고 미친놈처럼 좋아하던 거."

"그래? 그런데 왜 은퇴한 거야?"

"그다음에 바로 빈볼 맞았거든. 옆구리에."

"윽, 설마 실금이라도 간 거냐?"

"뭐 그것까진 잘 모르겠고 아무튼 부상으로 고생하다 그다음 해 옷 벗었지?"

"와, 정훈이 형. 되게 아까웠겠다."

"솔직히 난 그때 그냥 운이 따랐다고만 생각했거든? 그 운을 몽땅 다 써서 은퇴했구나 생각했고. 그런데 오늘 정훈이 형 이야기 들어보니까 그제야 좀 감을 잡았던 거 같아."

"하긴, 정훈이 형 덩치도 있는데 똑딱이 이미지는 좀 아니었지."

"잘 맞히지도 못했잖아."

"그래서 별명이 자살 특공대고."

"만날 되도 않는 3루 기습 번트 대다 죽어서지?"

"크큭, 나 청운고 다닐 때 코치 쌤 했던 말 생각난다. 한정
훈처럼 되고 싶지 않으면 살 좀 빼라고."

한정훈에 대한 기억을 안주 삼아 이영수와 장건우는 한참
을 떠들어댔다.

이야기를 하면 할수록 한정훈은 부끄러운 선배 이미지였
다. 체중 감량에 실패해 늘 발목 부상에 시달리면서도 동료들
의 부상을 틈타 1군 무대를 기웃거리는 좀비나 바퀴벌레 같은
선수였다.

하지만 수없이 포지션을 바꾸고 타격 폼을 변경해 가면서도
살아남기 위해 버티고 버틴 끈기만큼은 충분히 존경스러웠다.

"우리도 정훈이 형처럼 할 수 있을까?"

"해야지. 딸린 처자식이 몇 명인데."

"꼴랑 제수씨하고 민하밖에 없으면서 처자식 타령은."

"모르는 소리 마라. 지금 와이프 뱃속에 한 녀석 더 들어 있
으니까."

"뭐? 새끼. 재주도 좋네. 허리 아프다더니 또 언제 만들
었데?"

"야구할 때 쓰는 허리하고 침대에서 쓰는 허리하고 같냐? 암튼 나 FA 때까지 잘해야 해. 그래야 이 지긋지긋한 구단 벗어나지."

"혼자 가지 말고 같이 가자. 나도 썬더즈는 정나미가 다 떨어졌으니까."

이영수와 장건우가 동시에 담배 연기를 뿜어댔다. 순간 좁은 흡연실이 너구리굴처럼 뿌옇게 변했다.

"야, 내 쪽으로 뿜지 좀 마라."

"너도 아까부터 내 얼굴에 뿜어댔거든?"

"젠장. 야, 그러지 말고 우리 이참에 담배 끊자."

이영수가 태우던 담배를 비벼 끄며 말했다.

"내가 하고 싶었던 말이다."

장건우도 군말 없이 반쯤 남은 담뱃갑을 움켜쥐었다.

김경준 감독의 눈 밖에 난 이후로 이영수와 장건우는 흡연과 음주가 부쩍 늘었다. 담배와 술 없이는 쓰리고 답답한 속을 뚫어낼 방법이 없었다.

그러나 한정훈과 진솔한 이야기를 나눈 지금은 달랐다.

"너 질문 좀 적당히 해. 너 때문에 내 이야길 못 하잖아."

"누가 할 소리? 너도 핵심만 빨리빨리 물어보고 끝내라. 서론 다 들으려고 하지 말고."

이영수와 장건우는 경쟁하듯 한정훈의 방으로 돌아왔다.

하지만 그때는 이미 한정훈이 술에 떡이 되어 뻗어버린 뒤였다.

"뭐야, 마이크! 정훈이 형 왜 이래?"

이영수가 도끼눈을 뜨고 마이크 헌트를 노려봤다.

"그, 그게…… 이거 딱 한 잔 마셨는데…….."

마이크 헌트가 자신이 가져온 술병을 들어 보이며 억울하다는 표정을 지었다.

"정훈이 형! 일어나 봐요. 일부러 자는 척 하는 거죠? 그렇죠?"

장건우는 혹시나 싶어 한정훈을 흔들어 깨웠다.

하지만 마치 약에 취하기라도 한 것처럼 한정훈은 꼼짝을 하지 않았다.

"젠장, 다 망했네."

"그러게. 내일 명곤이 공략법 좀 물어보려고 했는데."

"어쩔 수 없지. 야, 마이크. 정훈이 형 들어. 침대에 올리게."

"내가 발 잡으라고? 윽. 냄새나는 거 싫은데…….."

세 사람은 힘을 합쳐 한정훈을 침대로 옮겼다. 그러고는 불을 끄고 방을 빠져나왔다.

"후우……. 자식들. 이제 좀 살 것 같네."

잠든 척 굴었던 한정훈이 슬그머니 자리에서 일어났다. 지푸라기라도 잡고 싶은 이영수와 장건우의 심정을 모르는 바는 아니지만 자리가 길어졌다가 괜히 들켜서 김경준 감독에게 불려가고 싶진 않았다.

"어라, 마이크 이 녀석. 이 술 놓고 갔네?"

술판을 정리하던 한정훈이 테이블 위에 놓인 기다란 술병을 집어 들었다. 낯선 외국어 라벨이 붙은 술은 생각 이상으로 입에 착착 감겼다.

"어차피 텄으니까 그냥 내가 다 마셔 버려야겠다."

한정훈은 조금 전 자신이 부지런히 떠들어댔던 자리에 주저앉았다. 그리고 눅눅해진 종이컵에 술을 가득 따랐다.

"냄새 좋네."

마치 와인처럼 향을 음미한 뒤 한정훈은 종이컵에 담긴 술을 단숨에 들이켰다.

"크으, 좋다."

한정훈이 길게 입가를 찢어 올렸다. 그러고는 아예 병째로 나발을 불기 시작했다.

꿀꺽, 꿀꺽, 꿀꺽, 꿀꺽.

쉴 새 없이 넘어가던 술이 순식간에 바닥이 났다.

"꺼어어억."

빈 병을 머리 위로 털어내며 한정훈이 요란스럽게 트림을 내뱉었다.

"좋다, 좋아. 진짜 기분 좋다."

한정훈은 실실 웃었다. 기분이 좋아서 웃은 건지 아니면 웃다 보니 기분이 좋아진 건지는 모르겠지만 어쨌든 모처럼 제대로 취한 느낌이 들었다.

술에 취하니 옛 생각이 났다. 광일 중학교에서 말도 안 듣는 녀석들과 입씨름하며 코치 생활을 했던 것부터 시작해 아등바등 버텨 온 현역 시절까지. 마치 테이프를 되감듯 옛일들이 하나하나 머릿속을 스쳐 지나갔다.

솔직히 남들에게 내세울 건 없는 삶이었다.

하지만 매 순간 열심히 살아왔다. 열심히 산 게 최선이라고 말하긴 어렵겠지만 적어도 남들에게 부끄럽지 않은 삶을 살려고 노력해 왔다.

그러나 한편으로는 더 잘할 자신이 없으니까 그렇게라도 아등바등 살았던 게 아닌가 싶은 후회도 들었다.

"내가 야구를 잘했던 적이 있었나."

한정훈이 벽에 기대 천장을 바라봤다. 불 꺼진 전등은 자신의 선수 생활만큼이나 깜깜했다.

5

야구를 시작한 건 초등학교 4학년 때.

길 가다 우연히 날아온 홈런 볼을 보고 반해서였다.

동기는 우스웠지만 나름 열심히 야구에 빠져들었다. 남들보다 덩치가 크고 힘이 좋아서 5학년 때부터 4번 타자 자리를 꿰차기도 했다.

중학교에 들어와서도 건장한 체격 덕을 톡톡히 보았다. 정확도는 떨어졌지만 장타력만큼은 여느 선배보다도 나았다. 감독님도 이례적으로 1학년인 자신을 주전으로 기용할 정도였다.

그렇게 잘나가던 기대주의 삶에 제동이 걸린 건 야구 명문 서린 고등학교에 들어가고 나서부터였다.

누구나 가고 싶어 하던, 고교 야구 우승 단골 학교 서린 고등학교에 입학했다는 소식을 전해 들었을 때 부모님은 이제 됐다며 펑펑 우셨다.

나도 부모님만큼이나 기뻤다. 서린이라는 두 글자를 가슴에 달고 뛸 수 있다는 사실이 마치 꿈만 같았다.

하지만 서린 고등학교에서의 삶은 생각만큼 녹록치 않았다.

서린 고등학교는 괜히 명문이 아니었다. 고교 최강이라는 무게를 근방은 물론 저 멀리 지방에서까지 긁어모은 야구 인재들이 나눠 짊어지고 있었다.

2학년이 되기 전에 주전 자리를 차지할 수 있을 거란 꿈은 일찌감치 깨버렸다. 정확도가 부족하다는 이유로 스윙을 교정한 뒤로는 자신감까지 떨어졌다.

그렇게 이도 저도 아닌 선수로 지내다 갑작스럽게 감독이 바뀌었다. 그리고 새로 부임한 김운태 감독이 뜻밖의 제안을 했다.

"너 2루수로 뛰어볼 생각 없니?"

주 포지션은 1루수였지만 나는 망설이지 않고 고개를 끄덕였다. 쟁쟁한 선배들과 1루 경쟁을 하느니 주찬 선배의 부상으로 무주공산이 된 2루수 자리를 차지하는 게 더 낫다고 여겼다.

하지만 김운태 감독이 원하는 건 단순한 포지션 변경이 아니었다.

"주찬이가 몇 번 쳤는지 알지?"

"네, 2번이요."

"그래. 수비는 물론이고 공격에서도 네가 주찬이 역할을 해줘야 한다."

"……?"

"네 장타력이 아깝긴 하다만 정확도가 떨어져서는 프로에 갈 수가 없어. 그러니까 내 말 들어라. 네가 내 말대로 따라오면 프로는 무조건 가게 해주마."

악마의 속삭임이었다. 그때 뿌리쳤어야 했다. 가뜩이나 발목이 좋지 않던 주찬 선배가 김운태 감독의 평고를 받다가 부상이 도졌다는 건 공공연한 비밀이었다. 2루수가 가능한 다른 선배들이 2루수 자리를 포기한 이유를 되짚어봤어야 했다.

하지만 멍청하게도 난 그 제안을 받아들였다.

김운태 감독은 체중 감량을 원했다. 단기간에 무려 20kg을 감량하라고 주문했다. 훈련 스케줄도 빡빡했다. 자신이 원하는 목표치에 도달하지 않으면 밤늦게까지 펑고를 때리며 집에 보내주지 않았다.

그 혹독한 훈련에 겨우 적응할 때쯤 나는 김운태 감독의 바람대로 2루수에 적합한 2번 타자가 되어 있었다.

김운태 감독의 기대에 어느 정도 부응한 대가로 나는 2학년 때부터 서린 고등학교의 주전 2루수 자리를 꿰찰 수 있었다.

하지만 그뿐이었다.

장점이었던 장타력은 실종됐고 익숙하지 않은 수비 훈련의 반복으로 인해 무릎과 발목이 삐거덕거리기 시작했다.

강호 서린 고등학교의 주전 타이틀 덕분에 10라운드에 서울 트윈스의 지명을 받긴 했지만 달라지는 건 많지 않았다.

"대체 누가 가르친 거야? 타격 폼이 왜 이렇게 엉성해?"

"스텝부터 틀렸잖아. 이런 식으로 배운 거야?"

코치들은 나만 보면 서로 가르치지 못해 안달이었다. 모두가 김운태 감독처럼 자신의 말만 들으면 잘될 것처럼 떠들어댔다. 그래놓고 결과가 나쁘면 내 노력이 부족해서라고 책임을 회피했다.

이도 저도 아니게 변해 버린 타격 감각은 프로에 와서도 좀처럼 회복되지 않았다. 다행히 경험이 쌓일수록 수비 능력이 좋아지면서 3년쯤 지나 1군 백업 내야수로 출전하기 시작했지만 거기까지였다.

아무리 노력해 봐도 화려한 스포트라이트를 받으며 주전 선수가 되는 일 따위는 일어나지 않았다.

1군에서 5년을 버틸 때쯤 한 가지 목표, 아니, 오기가 생겼다. 딱 1년이라도 좋으니 프로 선수답게 제대로 뛰고 싶었다. 그 일념 하나로 코치들의 지도를 군말 없이 받아들였다. 고치라면 고치고 따라하라면 따라했다. 죽으라면 죽는 시늉도 했다. 그래봐야 나아질 건 없었지만 지푸라기라도 잡는 심정으로 악착같이 덤벼들었다.

그렇게 4년을 더 고생하고서야 뭔가가 보였다. 그저 밀어 넣기만 했던 가르침들을 비로소 몸이 받아들이는 것만 같았다.

"그래, 바로 그거야!"

"잘하잖아. 그렇게민 하면 돼!"

매번 아니다, 틀렸다 떠들어대던 코치들의 입에서 칭찬이 터져 나왔다. 대수비를 내세울 때 빼고는 평소 시선조차 주지 않던 감독도 일주일에 한두 번씩 선발 출전 기회를 주기 시작했다.

6월 15경기에서 24타수 6안타 0.250

7월 17경기에서 28타수 8안타 0.286

8월 18경기에서 30타수 9안타 0.300

9월 15경기에서 26타수 8안타 0.308

대단한 성적은 아니었지만 1군 무대에서도 살아남을 수 있다는 가능성을 남겼다. 적어도 한 시즌 정도만 더 꾸준히 기회를 보장받는다면 미처 보여주지 못한 것을 전부 끄집어낼 수 있을 것 같았다.

하지만 감독이 바뀌고 새 감독이 리빌딩을 천명하면서 내가 설 자리는 다시 좁아졌다.

"요즘 왜 그래? 발이 굼떠졌잖아."

"죄송합니다."

"그러지 말고 차라리 대타 자리를 노려보는 게 어때?"

"대타요?"

"그래, 지금 팀에 쓸 만한 좌타 대타가 없잖아. 한번 해봐. 적어도 억지로 2루에서 버티는 것보단 나을 테니까."

백업 내야수 자리마저 위태로울 때쯤 수석 코치가 은밀한 제안을 해 왔다. 좌타 왕국이라던 트윈스가 우타자 천국으로 변하면서 대타로 내세울 좌타자조차 없는 형편이었다.

"솔직히 자신 없는데요."

"물론 쉽지 않겠지. 하지만 너 가능성 있어."

"제가요?"

"너 작년 타율 잘나왔잖아. 경기 후반에 한 타석씩 들어가서 3할 가까이 쳤으면 엄청난 거야."

"……."

새 감독을 따라 온 수석 코치는 내가 근근이 선발로 출장했다는 사실을 알지 못했다. 그저 감독도 기대하고 있다는 말로 날 좌타 대타 자리로 내몰았다.

더럽고 치사했지만 살아남기 위해서는 어쩔 도리가 없었다. 살아남기 위해서 부지런히 방망이를 내돌려야 했다.

2군에 내려가 하루에 수백 개씩 배팅 볼을 치며 쓸 만한 대타가 되기 위해 노력했다. 그렇게 2년이 지나고 퓨처스리그에서 3할에 가까운 타율을 올렸을 때 1군으로 올라오라는 통보를 받았다.

주전 1루수이자 프랜차이즈 스타이며 트윈스의 세 명뿐인 좌타지 강친기가 발목 부상을 당하면서 급하게 땜빵이 필요해진 것이다.

"어차피 좌우 구색 맞추려고 올린 거니까 무리하지 말고 수비만 잘해 달라고. 백업하면서 1루도 겪어 봤으니까 잘할 거야."

나를 대타감이라고 추켜세웠던 수석 코치는 내게 대수비 역할을 부여했다. 그러곤 타석 때마다 온갖 작전을 걸어서 제대로 방망이 한 번 휘두르지 못하게 했다.

그때마다 자괴감이 들었다.

이러기 위해 이 악물고 배팅 볼을 때린 게 아닌데. 이러기 위해 퓨처스리그에서 버틴 게 아닌데.

가끔씩 맘 편히 때릴 기회가 찾아왔지만 그때마다 마음이 앞섰다. 어떻게든 안타를 쳐야 한다는 욕심이 나쁜 공에 방망이를 나가게 만들었다. 퓨처스리그에서 이를 악물며 만들어왔던 타격 밸런스도 성급함 앞에서는 전혀 도움이 되지 않았다.

그렇게 3주쯤 지났을 어느 날.

"강찬기! 강찬기!"

내 타석에서 난데없이 강찬기 콜이 들려왔다.

처음에는 타격 부진에 화가 난 트윈스 팬들이 야유를 대신해 강찬기를 외치는 거라고 오해했다.

하지만 응원 단장이 어딘가를 향해 손을 뻗고 1루 측 관중석에서 덩치 좋은 사내 하나가 일어나고서야 알게 됐다.

강찬기가 야구장에 왔음을.

강찬기의 복귀가, 자신의 2군행이 얼마 남지 않았음을.

"빌어먹을!"

그땐 너무 화가 났다. 아무것도 못 했는데, 아무것도 못 해 봤는데 또다시 밀려나야 한다는 사실이 야속하고 원망스럽기만 했다.

그렇게 첫 타석에 이어 두 번째 타석에서도 삼진을 당했다. 그런데 다른 때 같았다면 고개를 흔들며 대타를 썼을 감독이 조용했다. 잔소리꾼 수석 코치도 별말 없었다.

'어쩌면…… 오늘 경기가 마지막이겠구나.'

아무런 통보도 없었지만 본능적으로 알 수 있었다. 그리고 그 냉정한 현실이 나를 정신 차리게 만들었다.

훙, 후웅.

대기 타석에 서서 방망이를 요란스럽게 내돌려 보았다.

연습 때는 군더더기 없이 잘만 빠져나오던 방망이가 이상하게 타석에만 들어서면 고장이라도 난 것처럼 덜컥거렸다.

"침착하자, 침착해. 2군 내려가서 배팅 볼만 때리다 은퇴하고 싶어? 정신 차리자고. 정말 이번이 마지막이야."

천천히 숨을 고르며 스스로를 다독였다. 구심이 이상한 얼굴로 힐끔 고개를 돌렸지만 신경 쓰지 않았다. 대신 마운드에 오른 투수의 공을 뚫어져라 쳐다봤다.

도미니카 특급 야스마니 페레즈.

최초의 300만 달러 용병 시대를 연 와이번스의 에이스.

"스트라이크, 아웃!"

K머신이라는 별명답게 야스마니 페레즈는 앞 타자마저 삼진으로 돌려 세웠다. 그리고 날 보며 씩 웃었다. 마치 내가 13번째 삼진의 재물이라도 되는 것처럼 말이다.

"후우……."

원 아웃, 주자 없는 가운데 타석에 들어섰다.

'분명 초구는 몸 쪽 포심 패스트볼이 들어올 거야.'

방망이를 들어 올리며 속으로 나직이 중얼거렸다.

그 순간.

퍼엉!

98mile/h(≒157.7㎞/h).의 빠른 공이 몸 쪽을 파고들었다.

스트라이크를 잡아낸 야스마니 페레즈의 입가가 기분 나쁘게 올라갔다. 하지만 동요하지 않았다. 저 기분 나쁜 웃음에 휘말려 앞선 두 타석에서 헛스윙을 연발했는데 또다시 당할 수는 없었다.

'침착하게. 2구째도 몸 쪽 포심이다.'

애써 숨을 고르며 방망이를 들어 올렸다.

퍼엉!

이번에도 예상처럼 98mile/h의 빠른 포심 패스트볼이 몸 쪽을 스쳐 지나쳤다.

투 스트라이크 노 볼.

볼 카운트가 완벽하게 불리해졌지만 나는 타격을 포기하지 않았다.

'첫 타석 때도 두 번째 타석 때도 포심으로 투 스트라이크를 잡아놓고 체인지업을 던졌지. 이번에도 마찬가지일 거야. 날 만만하게 볼 테니까.'

발로 타석을 고르며 나는 모든 신경을 바깥쪽에 집중했다.

포심 패스트볼만큼이나 야스마니 페레즈가 자신 있어 하는 결정구, 체인지업.

그걸 때려서 내가 형편없는 타자가 아니라는 걸 증명해 보이고 싶었다.

물론 예측이 틀릴 수도 있었다. 내가 노린다는 걸 알고 구종이 달라질 수도 있었다.

하지만 결정을 바꾸진 않았다. 야스마니 페레즈의 공 중 눈에 익은 건 포심 패스트볼과 체인지업뿐이다. 둘 중 그나마 때려낼 만한 공은 역시나 체인지업이었다.

평소보다 길게 사인을 교환한 야스마니 페레즈가 글러브를 가슴에 모았다. 그러고는 이를 악물고 투구판을 박차고 나왔다.

후앗!

야스마니 페레즈의 손끝을 빠져나온 공이 한복판을 지나 바깥쪽으로 흘러 나갔다. 최고 구속이 94mile/h(≒151.3㎞/h).에이를 만큼 빠른 공은 포심 패스트볼과 분간이 되지 않았다.

그러나 나는 체인지업이라고 확신했다. 공을 던지기 직전 손목의 비틀림이 포심 패스트볼을 던질 때보다 미묘하게 달랐기 때문이다.

'친다. 칠 수 있어!'

바깥쪽으로 도망치는 공을 향해 나는 방망이를 힘껏 내돌렸다. 그리고.

따악!

방망이 중심에 정확하게 공을 얹혀 올렸다.

라이너성으로 뻗어나간 타구를 보며 나는 좌중간을 갈라주길 바랐다. 최소한 2루타 정도는 때려줘야 그동안 부진했던 걸 조금이라도 만회할 수 있을 것 같았다.

그런데 타구가 그대로 담장 밖으로 사라져 버렸다. 순간 트윈스 파크에 모여들었던 모든 팬이 자리에서 일어나 환호성을 내질렀다.

지인과 함께 웃고 떠들던 강찬기도 갑작스럽게 터져 나온 홈런에 멍한 표정을 짓더니 3루를 돌아 홈플레이트로 들어오는 나를 향해 영혼 없는 박수를 보냈다.

그날.

나는 2루타와 홈런을 하나씩 더 때려냈다. 첫 번째 홈런으로 야스마니 페레즈를 강판시켰고 9회 말에 때려낸 홈런으로

팀의 역전승을 이끌었다.

생에 첫 수훈 선수 인터뷰에서 나는 내일도 트윈스 파크에서 야구를 할 수 있었으면 좋겠다고 말했다.

그러나 구단은 날 2군으로 보냈다. 그것으로도 모자라 그해가 끝나기 전에 은퇴를 권유했다.

"1년만요. 딱 1년만 더 기회를 주세요. 그때 홈런 친 거 보셨잖아요? 절 왼손 대타로 쓰신다면서요!"

아무것도 기억하지 못하는 수석 코치와 감독을 붙잡고 며칠을 애원하고서야 2군에서 홈런 10개를 때려내면 다시 한번 생각해 보겠다는 답을 얻어낼 수 있었다.

이후 자비를 털어 미국으로 개인 훈련을 떠났다. 마지막으로 1군에 올라가 보겠다는 일념 하나로 두 달 만에 홈런 10개를 채워냈다.

하지만 야구 인생은 거기까지였다. 지나친 홈런 세리머니의 대가로 얻어맞은 빈볼에 갈비뼈에 금이 가면서 겨우 끌어올렸던 타격감이 바닥으로 떨어져 버렸다.

6

"하아, 그때 맞지 말고 피했어야 했는데……."

그때만 생각하면 한정훈은 지금도 쓴웃음이 났다. 하지만 뼈에 사무치는 후회 같은 건 없었다. 설사 그 공을 피했다 하더라도 과연 무엇이 달라졌을까. 다 늙어서 무릎도 허리도 고장 난 상태로 1군에 올라간들 뭘 얼마나 대단한 성적을 냈을까.

솔직히 이제 와 생각하면 다 부질없었다. 하지만 만약에 영화처럼 신이 존재해서 삶을 바꿀 기회를 준다면 한정훈은 그때로 돌아가고 싶었다. 그때로 돌아갈 수만 있다면…… 정말 후회 없는 야구를 할 수 있을 것 같았다.

"후우……. 술이나 마시자."

한정훈은 별생각 없이 마이크 헌트가 가져온 술병을 집어 들었다. 분명 조금 전에 마지막 한 방울까지 전부 털어 넣은 것 같았는데 이상하게도 술병 밑 부분에 한 모금 정도 되는 양이 찰랑거리는 느낌이었다.

"남기면 아까우니까."

한정훈이 씩 웃으며 술병을 주둥이로 가져다 댔다.

꿀꺽.

술병을 따라 흘러내린 술이 한정훈의 목울대를 타고 넘어갔다.

"좋다."

한정훈이 서글프게 웃었다. 그리고는 그대로 큰 대자로 뻗어 잠에 빠져들었다.

2장
그때 또다시

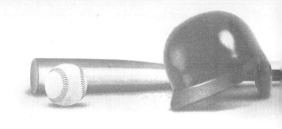

1

"야, 야!"

"······."

"정훈아! 한정훈!"

"······."

"빨리 일어나, 인마. 감독님이 찾으신다고!"

감독님이라는 한마디에 한정훈은 반사적으로 눈을 떴다. 그러고는 냉큼 일어나 손바닥에 입김을 불었다. 다행히도 술 냄새는 나지 않았다. 군내가 좀 나긴 했지만 그 정도는 가글을 하면 없어질 것 같았다.

"후우······. 지금 몇 시죠?"

한정훈이 가슴을 쓸어내리며 슬그머니 고개를 들어 올렸다. 그런데 조일훈 수석 코치가 서 있어야 할 그 자리에 전혀 뜻밖의 사내가 서 있었다.

"주찬이…… 형?"

"어쭈구리? 입부한 지 한 달도 안 되어서 형? 이게 미쳤나!"

"형이 여긴 왜……?"

"하하, 나 참. 요즘 신입들은 간땡이가 부었다니까."

사내, 최주찬이 어이가 없다는 얼굴로 한정훈을 내려다봤다. 그러나 한정훈도 최주찬만큼 어이가 없기는 마찬가지였다.

"뭐예요, 주찬이 형. 한국에는 언제 들어온 거예요?"

"그건 또 무슨 개 풀 뜯어먹는 소리냐? 내가 어딜 갔는데?"

"형 얼마 전까지 용병 구한다고…….."

"용병? 누가, 내가?"

"그게…….."

뭐라고 말을 하려던 한정훈이 이내 입을 다물었다. 최주찬과는 고등학교를 졸업한 이후에도 간간히 연락을 주고받는 사이였지만 그 최주찬이 눈앞에 서 있는 최주찬이 아닐지도 모른다는 위화감이 든 것이다.

일단 눈앞의 최주찬은 너무 젊었다. 본래 동안이긴 했지만 외국에서 몰래 고가의 성형수술을 받고 왔더라도 이만큼 젊어질 수 있을 것 같지 않았다. 게다가 말투도 건방졌다. 산전수전

다 겪으며 유순해진 최주찬의 말투가 아니었다. 무엇보다…….

'서린, 서린이라니.'

최주찬은 서린 고등학교의 마크가 가슴에 박힌 유니폼을 입고 있었다. 그것도 너무나 자연스럽게 말이다.

"형. 아니, 선배님. 잠깐만요."

한정훈은 뒤늦게 주변을 살폈다. 그러고는 자신도 모르게 헛웃음을 터뜨렸다. 낯선데 어딘지 모르게 익숙한 이곳은 서린 고등학교 야구부실이었다. 신축한 지 1년밖에 안 되어서 3학년 선배들이 후배들은 계 탔다고 떠들어 대던 바로 그 야구부실이 틀림없었다.

'과거로 돌아온 건 아닐 테고. 뭐지? 꿈인가?'

한정훈이 복잡해진 얼굴로 최주찬을 바라봤다.

그러나 최주찬은 한정훈의 호기심을 풀어줄 만큼 한가롭지 않았다.

"네가 무슨 꿈을 꿨는지는 모르겠다만 따라와, 이 자식아. 더 늦었다간 나까지 깨지게 생겼으니까."

최주찬이 한정훈의 두툼한 귓불을 잡아당겼다.

"으악!"

한정훈의 입에서 절로 비명이 터져 나왔다.

2

한정훈을 운동장 앞까지 끌고 가서야 최주찬은 한정훈의 귓불을 놓아주었다.

"새끼, 덩치는 산만 한 게 엄살은."

최주찬이 멋쩍게 웃으며 한정훈의 어깨를 툭 하고 때렸다. 그러나 한정훈의 굳은 얼굴은 달라지지 않았다. 귀가 얼얼한 건 둘째 치고 어쩌면 이게 꿈이 아닐지도 모른다는 생각이 한정훈의 머릿속을 복잡하게 만들었다.

"형, 지금이 몇 년도죠?"

한정훈이 최주찬을 바라봤다.

"이 자식이 아까부터. 선배님이라고 안 하냐?"

한정훈의 뒤통수를 가볍게 후려친 뒤 최주찬이 2017년이라고 대답해 주었다.

"2017년이라……. 그러니까 고등학교 1학년 때로 되돌아오기라도 한 건가?"

한정훈은 다시 운동장으로 눈을 돌렸다. 쌀쌀함이 감도는 운동장 위에 서린 고등학교 야구복을 입은 선수가 한가득 모여 있었다.

"다들 뭘 하는 거지?"

한정훈이 눈을 크게 뜨고 상황을 지켜보았다. 외야에 수비수들을 세운 상태로 타자들이 번갈아가며 타석에 들어서는 걸 보니 타격 훈련이라도 하는 모양이었다.

그러자 최주찬이 뜸들일 시간 없다며 한정훈의 등을 떠밀었다.

"야, 한정훈. 빨리 안 뛰어가? 아직 입부서에 잉크도 안 마른 자식이 벌써부터 농땡이야, 농땡이가."

"거참. 재촉하지 마요, 형. 나도 어떻게 된 건지는 알아야죠."

"하아, 선배님이라 부르라고 했지! 그리고 어떻게 되긴 뭐가 어떻게 돼? 오늘 라이브 배팅하는 날이잖아. 몰라?"

"아……. 오늘이 그날이었어요?"

한정훈은 비로소 자신이 어느 시점으로 돌아왔는지를 깨달았다.

전 감독이었던 최성환 감독이 지병인 당뇨로 쓰러지면서 서린 고등학교는 전 한성 대학 총감독이었던 김운태 감독에게 도움을 청했다.

야인으로 남아 있는 아마추어 지도자 중 고교 야구계의 명장이라 불리던 최성환 감독의 빈자리를 대신할 수 있는 건 김운태 감독뿐이라고 판단을 내린 것이다.

다른 고등학교였다면 쳐다보지도 않았을 테지만 고교 최강이라 불리는 서린 고등학교를 지도할 수 있다는 욕심에 김운태 감독도 군말 없이 감독직을 수락했다. 그리고 서린 고등학교에 부임하기가 무섭게 자신의 스타일대로 선수들을 개조하는 작업에 착수했다.

김운태 감독이 가장 먼저 손을 댄 건 마운드였다. 투수 출신답게 사흘간 서린 고등학교 야구부 명단에 이름을 올린 모든 투수를 평가했다.

그리고 최성환 감독이 2선발로 점찍어 놓았던 3학년 좌완 에이스 박인수를 마무리로 전환시키는 파격적인 결정을 내렸다.

소식을 듣고 달려 온 박인수의 부모가 말도 안 된다며 따졌지만 김운태 감독은 자신의 결정을 번복하지 않았다. 오히려 믿고 맡겨준다면 박인수를 좌완 오승환으로 만들겠다며 부모들을 설득시켜 버렸다.

김운태 감독의 파격적인 결정은 박인수로 끝나지 않았다.

최성환 감독이 있을 때까지만 해도 3선발 자리를 놓고 다투던 2학년 선발 듀오 홍은식과 정상훈은 나란히 선발 탈락의 고배를 마셨다.

대신 마무리 투수로 낙점 받았던 2학년 김성찬과 지난겨울 중학 야구 투수 랭킹 1위로 서린 고등학교에 입학한 1학년 민찬기가 새로 선발 로테이션에 합류하게 됐다.

김운태 감독이 부임하고 사흘 만에 서린 고등학교 마운드가 완전히 재편되었다.

김운태 감독의 날카로운 눈초리에서 살아남은 건 부동의 에이스, 3학년 김진태밖에 없었다.

그렇게 투수들의 정리를 끝낸 뒤 김운태 감독은 야수들에게 눈을 돌렸다. 수비 능력을 우선시하는 김운태 감독의 성격상 포지션 테스트가 먼저 진행될 거라 예상됐지만 정작 김운태 감독은 타자들에게 타격을 준비시켰다. 그리고 이틀간 타자들의 타격 능력을 꼼꼼히 살핀 뒤 파격적인 라인업 구상에 들어갔다.

'내가 이때 헛바람이 들었었지.'

한정훈의 시선이 저만치 팔짱을 끼고 선 김운태 감독에게 향했다. 취임사에서 김운태 감독은 재능만 있다면 1학년에게도 주전 자리를 보장해 주겠다고 약속했다. 아울러 자신의 지도를 따라온다면 누구든 프로에 가서 성공하게 만들어주겠다고 덧붙였다.

그 시절 한정훈은 김운태 감독에게 완전히 홀려 있었다. 김운태 감독을 좇아가다 보면 더 나은 미래가 펼쳐질 거라는 크나큰 착각에 빠져 있었다. 그래서 4번 타자로서의 자존심과 슬러거의 길을 너무나 쉽게 포기해 버렸다.

만약 그때 김운태 감독은 자신이 추구하는 야구를 위해서라면 수단과 방법을 가리지 않는 잔혹한 승부사라는 걸 알았다면 어땠을까.

아마 2루수로 전업을 선택하지 않았을 것이다.

'아니지, 아니야. 그때 내가 라이브 배팅 때 잘 쳤다면 내 힘으로 중심 타선에 들어갔을지도 모르지.'

한정훈이 길게 숨을 골랐다. 아직까지도 꿈인지 현실인지 구분이 가지 않았지만 제 뜻대로 야구 한 번 못 해본 누군가의 팔자를 불쌍하게 여긴 야구의 신이 그를 과거로 돌려보내준 것이라면, 이번만큼은 꼼수부리지 않고 제대로 싸워볼 생각이었다.

설사 과거보다 더한 가시밭길을 가게 되더라도 말이다.

3

"왜 이렇게 늦었어!"

한참 만에 나타난 최주찬과 한정훈을 바라보며 주장인 강승혁이 눈치를 줬다.

"미안, 미안. 내가 배탈이 좀 나서."

최주찬은 모든 걸 자신의 탓으로 돌렸다.

"왜? 많이 안 좋아?"

"싹 비워냈더니 괜찮아."

"그러게 점심 적당히 먹으라고 했잖아."

"밥이 맛있는 걸 어쩌냐."

강승혁이 고개를 흔들곤 한정훈을 데리고 더그아웃으로 들어갔다.

"한정훈, 빨리빨리 준비하고. 저기 은수 보이지?"

"은수요?"

"저기 너만큼 엉덩이 터질 거 같은 녀석 있잖아. 그 녀석 다음에 치면 감독님이 헷갈리실 테니까 은수 다음다음에 서. 알았어?"

한승혁은 일단 강승혁의 지시대로 동기인 최은수의 뒤쪽으로 다가갔다. 백넘버와 이름조차 마킹되어 있지 않은 유니폼을 입고 줄을 이어 선 동료들을 구분하기란 쉽지 않았지만 퉁퉁한 체격에 유독 질펀한 엉덩이를 자랑하는 최은수만큼은 한번에 알아 볼 수 있었다.

최은수가 대기 타석에 들어가서 쪼그리고 앉자 가뜩이나 큰 엉덩이가 터질 것처럼 부풀어 올랐다.

"최뚱, 저 자식. 엉덩이 큰 건 여전해."

한정훈은 자신도 모르게 웃음을 흘렸다.

그러자 최은수와 자신의 사이에 섰던 사내가 코웃음을 쳤다.

"어이가 없네."

"뭐?"

"서린 최고의 몸무게를 자랑하는 한뚱이 양심도 없이 최뚱을 까니까 어이가 없다고."

"……."

한정훈이 사내를 빤히 바라봤다.

양승택.

안호 중학교 출신으로 중학 시절 내내 한정훈과 홈런왕 경쟁을 치러왔던 녀석이었다.

'하긴, 이 녀석하고는 3학년 내내 별로였지.'

한정훈은 애써 짜증을 가라앉혔다. 자신의 차례가 코앞인데 별것도 아닌 일로 흥분하고 싶진 않았다.

"시끄러우니까 투수 분석이나 해라."

"뭐?"

"시끄러우니까 투수 분석이나 하라고."

한정훈은 양승택에게서 시선을 거두었다. 양승택이 벌게진 얼굴로 씩씩거렸지만 굳이 신경 쓰지 않았다.

'늘 저런 식이었지. 뭐라도 되는 것처럼.'

제 잘난 맛에 사는 양승택은 한정훈을 잘 모르겠지만 한정훈은 양승택을 잘 알고 있었다. 실력은 있지만 다혈질에 이기적인 성격이라 야구부 내에서도 친하게 지내는 친구 한 명 없었다.

이런 녀석을 상대하는 방법은 딱 한 가지였다.

무반응.

화를 내든 시비를 걸든 내버려 두면 알아서 잠잠해졌다. 설사 시비를 걸어도 상관없었다.

'체급은 내가 한 수 위니까.'

한정훈이 피식 웃으며 고개를 돌렸다. 자신의 등 뒤에는 서일 중학교에서 왔다는 투덜이 송승일이 서 있었다.

"시작한 지 얼마나 됐어?"

"이제 한 시간쯤? 원래 우린 내일 치기로 했는데 감독님이 멋대로 일정을 바꿨어."

"선배들이 영 아니었나 보지?"

"말도 마라. 대학교에서 투수 데리고 와서 쳐보라는데 잘 칠 사람이 누가 있냐."

송승일이 기다렸다는 듯이 불만을 늘어놓았다. 2학년은 물론이고 3학년 주전도 전부 죽을 쒔는데 아직 중학생 물도 빠지지 않은 자신들이 타석에 들어서 봐야 무슨 의미가 있겠냐며 떠들어댔다.

"그래도 어쩌겠냐. 감독님이 까라면 까야지."

한정훈이 쓴웃음을 지으며 다시 몸을 돌렸다. 때마침 최은수가 엉덩이를 실룩거리며 타석에 들어서고 있었다.

양승태는 한정훈을 매섭게 노려보고는 대기 타석에 들어갔다. 그러나 정작 한정훈의 시선은 양승태를 지나 마운드에 선 좌완 투수에게 향해 있었다.

'이름이 최승민이라고 했던가?'

한정훈은 머릿속에 희미하게 남아 있는 기억을 떠올렸다.

최승민, 한성 대학교 3학년. 1학년 말 팔꿈치 인대 접합 수술을 받고 2학년을 통째로 쉰 뒤 실전 점검차원에서 김운태 감독에게 끌려 왔다고 들었던 것 같았다.

프로 시절의 대부분을 퓨처스리그에 머무른 탓에 최성민과 프로에서 만난 기억은 없었다. 맞대결을 한 건 이때가 처음이자 마지막이었다.

그러나 한정훈은 최승민을 쉽게 잊지 못했다. 최승민과의 쓰리 아웃 맞대결에서 3연속 3구 삼진을 당했기 때문이다.

물론 이날 최승민에게 안타를 친 타자는 한 명도 없었다. 김운태 감독의 배려로 최승민은 1학년 타자만 상대했고 이제 막 고등학교 리그에 올라 온 1학년 중에서 최승민의 공을 건드릴 만한 선수는 없었다.

하지만 그 와중에 3연속 3구 삼진을 당한 건 한정훈뿐이었다. 초구와 2구를 잘 쫓아가다가 날카롭게 들어오는 변화구에 타이밍을 놓치면서 세 타석 모두 방망이로 허공만 가르고 말았다.

그리고 그날, 한정훈은 김운태 감독에게 타격을 다시 배워야겠다는 질책을 들어야 했다. 야구를 시작한 이후로 칭찬만 듣다가 처음으로 형편없다는 소리를 들었으니 그때의 충격은 뭐라 형용할 길이 없었다. 어찌나 서러웠던지 집에 가서 펑펑 울기까지 했다.

'이제 와 생각해 보면 김운태 감독식 선수 조련법이었지만 말이야.'

한정훈은 길게 숨을 골랐다. 잠깐 옛 생각에 빠진 사이 자신도 모르게 심장이 요동치고 있었다.

하지만 흥분할 필요는 없었다. 복수니 뭐니 의미를 부여할 필요도 없었다. 정말 과거로 돌아온 거라면 지금까지 겪었던 일들은 없어진 것이나 마찬가지였다. 그렇다면 더 이상 지난 일에 얽매일 필요가 없었다.

한정훈의 시선이 다시 마운드로 향했다. 때마침 와인드업을 마친 최승민이 힘차게 공을 내던졌다.

퍼엉!

순식간에 18미터를 날아간 공이 포수의 미트에 처박혔다. 최은수가 어깨를 움찔거렸지만 바깥쪽 낮은 코스를 제대로 공략한 최승민의 공을 공략하기란 쉽지 않아 보였다.

"저 돼지 새끼. 저거 하나 못 치고."

대기 타석에 있던 양승태는 자신이라면 얼마든지 때려냈을 거라며 큰소리를 쳤다.

하지만 한정훈은 양승태가 벌써 최승민의 빠른 공의 비밀을 알아챘을 리 없다고 단언했다.

'최승민의 포심 패스트볼은 커터처럼 흐른다고. 게다가 포심 패스트볼과 거의 유사한 느낌의 싱커까지 던지지. 그걸 네가 구분해 낼 수 있을 것 같아?'

한정훈은 속으로 코웃음을 쳤다. 양승태가 중학교 레벨에서는 제법 뛰어난 타자였을지 몰라도 상대는 대학 리그 투수였다. 게다가 최승민은 프로에 지명을 받지 못해 대학 진학을한 게 아니었다. 팔꿈치 인대 접합 수술을 받아야 하는 상황때문에 부득이하게 프로를 포기한 케이스였다. 그렇지 않다면 대학 4강팀으로 평가받는 한성 대학교에 입학하지도 못했을 것이다.

'분명 스카우터들이 와 있을 텐데.'

한정훈이 주변으로 고개를 돌렸다.

아니나 다를까. 저만치 스카우터처럼 보이는 사내가 눈에들어왔다.

검은색 선글라스. 바람에 심하게 요동치는 검은색 방풍 재킷. 세로 줄무늬가 그려진 바지.

저건 누가 봐도 트윈스 스카우터였다.

'최승민은 분명 베어스에 입단했는데 트윈스도 눈독을 들였던가?'

한정훈은 고개를 갸웃거리며 다시 마운드 쪽을 바라봤다.

퍼엉!

트윈스 스카우터가 보고 있다는 사실을 인지한 듯 최승민은 날카로운 슬라이더로 최은수를 꼼짝 못 하게 만들었다.

"스트라이크 아웃."

구심으로 들어온 조인식 코치가 가볍게 주먹을 들어 올렸다.

"병신 새끼, 잘하는 짓이다."

양승태가 기다렸다는 듯이 비아냥댔다. 첫 타석에서 공 4개를 지켜만 봤으니 최은수가 겁에 질렸다고 생각한 모양이었다.

그러나 한정훈은 최은수가 생긴 것 답지 않게 영리하다는 걸 잊지 않고 있었다.

'첫 타석은 타이밍을 맞춰봤겠지. 두 번째 타석 때부터는 슬슬 시동을 걸 테고. 마지막 타석 때 안타는 아니지만 제법 잘 맞은 타구를 쳤던 것 같은데 맞나?'

한정훈의 기억은 정확했다. 두 번째 타석에서 연거푸 방망이를 내돌리며 감을 잡은 최은수는 세 번째 타석 때 초구와 2구를 걷어내며 최승민을 당황하게 만들었다. 비록 3구째 들어온 싱커에 속아 중견수 플라이로 아웃이 되긴 했지만 만약 최은수가 노리던 포심 패스트볼이었다면 결과는 달라졌을지도 몰랐다.

"돼지 새끼야, 대놓고 치라고 던져준 공도 못 넘기냐?"

조금 전 한정훈에게 무시당한 분풀이를 하듯 양승태가 대놓고 최은수에게 면박을 주었다. 최은수는 벌게진 얼굴로 타석에서 물러났다. 그런 최은수의 앞을 한정훈이 씩 웃으며 가로막았다.

"뭐야, 너도 나 놀리려고?"

"잘 쳤는데 널 왜 놀려?"

"……뭐?"

"마지막 공 싱커였잖아. 살짝 가라앉는. 그렇지?"

"……!"

"네가 놓친 게 아냐. 저 양반이 이제 막 고등학교에 올라온 널 상대로 전력을 다한 거지."

"그, 그게 정말이야?"

최은수의 표정이 대번에 밝아졌다.

"그래, 인마. 그러니까 자신감을 가져."

한정훈이 주먹으로 최승민의 불룩 튀어나온 가슴을 툭 하고 때렸다.

뚱뚱하다는 이유로 양승태에게 놀림을 받고 있긴 하지만 최은수는 장타력만큼이나 섬세한 타격 능력을 갖추고 있었다. 그래서 한정훈의 동기 중 가장 먼저 프로 1군에 입성했다. 고질적인 무릎 부상으로 10년도 채우지 못하고 은퇴하긴 했지만 최은수가 프로에서 쌓아 올린 커리어는 한정훈이 감히 넘보지도 못할 정도였다.

하지만 지금 눈앞에 서 있는 최은수는 소심하면서도 칭찬

받기 좋아하는 덩치 큰 어린애에 불과했다.

"어쨌든 느낌 좀 알려줘 봐."

"느낌?"

"넌 두 타석 만에 포심 패스트볼에 타이밍을 맞췄잖아."

"그건…… 그냥 해본 건데……."

"빼지 말고. 친구 좋다는 게 뭐냐?"

"치, 친구?"

"그럼 같은 팀원인데 우리가 친구지 남이냐? 암튼 알려줘 봐. 대충 얼마나 꺾여 들어오는 거야?"

"너…… 그것도 알았어?"

최은수가 놀란 눈으로 한정훈을 바라봤다. 자신이 타석에서 겨우 알아낸 공의 움직임을 한정훈이 전부 꿰뚫어보고 있다는 게 무섭게 느껴질 정도였다.

하지만 한정훈은 이 모든 게 최은수 덕분이라고 웃어 넘겼다.

"확실히는 모르고 감으로 느낀 거야. 넌 빠른 공에 강한데 두 번째 타석 때 계속 방망이가 헛돌아서 볼 끝이 지저분하다 싶었거든."

"대단하다, 너."

"내가 대단한 게 아니라 네가 대단한 거라니까? 그러니까 좀 알려줘 봐. 어떻게 타이밍을 맞췄는지."

"그러니까……."

잠시 망설이던 최은수가 최승민의 커터성 포심 패스트볼을 커트해낸 요령을 털어 놓았다.

"제대로 때렸는데 방망이 안쪽에 걸렸다, 이거지?"

"응, 대충 이 정도였던 거 같은데?"

"그럼 생각보다 많이 꺾이는데?"

"그래서 나도 처음엔 슬라이더라고 생각했는데 슬라이더는 더 느리면서 많이 꺾여."

"체인지업은 어때?"

"체인지업은 하나밖에 못 봐서……."

"괜찮으니까 말해봐."

"체인지업은……."

최은수를 상대로 최승민은 총 10개의 공을 던졌다.

포심 패스트볼이 5개. 슬라이더가 3개. 체인지업이 1개. 그리고 마지막으로 최승민을 잡아내기 위해 던진 싱커 1개.

최은수의 설명대로라면 최승민은 구속보다 무브먼트에 신경 써서 공을 던지고 있었다. 아직 재활이 끝난 지 얼마 되지 않은데다가 상대가 중학교 레벨의 타자들인 터라 굳이 무리하고 싶지 않은 모양이었다.

한정훈은 살짝 오기가 치밀었다. 어쩌면 존재하지 않을 과거라곤 해도 3연타석 3구 삼진의 치욕이란 쉽게 잊히지가 않았다.

'본래라면 은수 녀석처럼 한 타석은 버리며 공에 익숙해 져야겠지만 그러면 과거로 다시 돌아온 의미가 없잖아. 안 그래?'

한정훈이 방망이를 대기 타석에서 단단히 움켜들었다. 그리고 홈플레이트로 날아드는 최승민의 포심 패스트볼에 맞춰 빠르게 방망이를 내돌렸다.

후웅!

묵직한 방망이가 요란스럽게 허공을 갈랐다. 그 소리가 어찌나 매섭던지 최승민이 반사적으로 한정훈을 쳐다봤다.

"뭐야, 저 자식."

최승민이 눈매를 일그러뜨렸다. 비록 연습 스윙이긴 하지만 한정훈이 포심 패스트볼에 타이밍을 맞춰 방망이를 휘둘렀다는 게 신경이 쓰였다.

"야구부 명부에 잉크도 안 마른 게 감히 내 포심을 때려보겠다 이거야?"

최승민은 공을 단단히 움켜쥐었다. 그리고 포수의 미트를 향해 힘껏 공을 내던졌다.

퍼엉!

순식간에 18미터를 비행한 공이 포수의 미트 속에 정확하게 파묻혔다.

"큭!"

양승태가 입술을 깨물며 타석 밖으로 물러났다. 그러자 포수 고인하가 타임을 부르고는 마운드로 뛰어 올라갔다.

"뭐야? 갑자기 왜 그래? 무리하지 않기로 했잖아."

"그냥. 신경 쓰이는 게 있어서."

"신경 쓰이는 거? 뭐? 저 녀석?"

고인하가 양승태 쪽을 돌아봤다. 하지만 최승민의 시선은 이번에도 빠르게 방망이를 내돌린 한정훈에게 향해 있었다.

"누굴 얘기하는 건지 모르겠지만 힘 좀 빼, 인마. 그러다 탈 나면 어쩌려고 그래?"

"이 정도는 괜찮아. 나 최승민이야. 몰라?"

"알지, 알아. 그러니까 조심하라고. 저쪽에 스카우터 와 있는 거 봤지?"

"저 아저씨 트윈스잖아. 난 트윈스 별로야. 베어스라면 모를까."

"왜? 지금 마운드 사정은 트윈스가 더 안 좋잖아."

"그래서 재작년부터 투수만 왕창 뽑았잖아. 게다가 거기 감독도 별로고."

"그래, 베어스 가라. 갈 거면 나도 좀 데리고 가고."

"당연하지, 인마."

"대신에 오늘은 너무 힘쓰지 말자. 기껏 재활 끝냈는데 애들 상대로 무리했다가 탈나면 기분 더럽잖아. 안 그래?"

고인하가 최승민의 어깨를 두드리고는 마운드를 내려갔다. 최승민도 스파이크로 마운드를 슥슥 긁어내며 흥분을 가라앉혔다.

"일단 이 녀석부터 빨리 해치워 버리자고."

고인하는 바깥쪽 아슬아슬한 코스로 미트를 들어 올렸다. 구종은 슬라이더. 최승민의 힘을 빼기 위해 일부러 변화구를 선택했다.

최승민은 애써 호흡을 가라앉히고 미트를 향해 빠르게 공을 내던졌다.

후앗!

최승민의 손을 빠져나간 공이 고인하의 미트 위치보다 공 하나 정도 안쪽으로 날아들었다. 바깥쪽을 노리는 타자라면 충분히 때려볼 만한 실투에 가까운 공이 들어온 것이다.

하지만 양승태는 방망이를 제대로 휘돌리지 못했다. 앞선 포심 패스트볼의 빠르기에 현혹된 듯 성급하게 방망이를 내밀었다가 날아드는 공이 마지막 순간에 휙 하고 도망가니 놀라서 허리를 멈춰 세우고 말았다.

그러나 몰린 공은 스트라이크존으로 파고들었다. 그리고 멈췄다고 생각한 방망이는 홈플레이트 윗면을 스쳐 지나가 버렸다.

"스트라이크, 아웃!"

조인식 코치가 망설이지 않고 오른팔을 들어 올렸다. 그렇게 자신만만하게 타석에 들어섰던 양승태의 첫 번째 타석은 삼진으로 기록됐다.

"젠장할."

양승태가 질근 입술을 깨물었다. 초구에 칠 만한 포심 패스트볼을 던져놓고 2구째 갑자기 구속을 높였다가 3구에 각이 큰 슬라이더로 유혹을 하니 정신이 하나도 없었다.

'은수, 저 돼지 새끼보다는 잘 쳐야 하는데.'

양승태는 초조해진 얼굴로 두 번째 타석에 들어섰다. 살만 뒤룩뒤룩 찐 주제에 거포랍시고 까부는 최은수나 한정훈보다 자신이 낫다는 걸 확실히 보여주기 위해서라도 이번 타석에서 안타를 때려내야만 한다고 생각했다.

하지만 슬라이더-체인지업-슬라이더로 이어지는 변화구 위주의 투구에 이번에도 제대로 스윙조차 하지 못하고 물러나고 말았다.

"젠장, 계속 슬라이더를 던진단 말이지?"

약이 바짝 오른 양승태는 세 번째 타석 때 슬라이더를 노렸다. 그리고 초구에 슬라이더가 들어오자 망설이지 않고 방망이를 내돌렸다.

그러나 공은 바깥쪽으로 크게 빠져나가 버렸다. 양승태가 슬라이더를 노릴 거라고 예상하고 고인하가 일부러 바깥쪽 볼을 요구한 것이다.

"크으으!"

고인하의 볼 배합에 농락당한 양승태의 얼굴이 벌겋게 달아올랐다. 고인하는 그 틈을 놓치지 않고 2구째 몸 쪽 포심 패스트볼을 붙인 뒤 3구째 바깥쪽으로 떨어지는 체인지업을 던져 양승태를 삼진으로 엮어냈다.

세 타석 3구 삼진.

"젠장! 젠장! 젠자아앙!"

양승태가 한바탕 욕지거리를 쏟아내며 타석에서 물러났다.

"고맙다, 양승태."

한정훈이 씩 웃었다. 과거 양승태는 최승민을 상대로 두 개의 플라이를 때려냈다.

첫 타석 삼진 이후 두 번째 타석에서 친 공은 내야를 벗어나지 못했지만 세 번째 타석 때 나온 타구는 중견수가 살짝 뒷걸음을 쳤을 정도로 멀리 뻗어 나갔다.

그 덕분에 한정훈은 단단히 열이 받은 최승민에게 3연타석 3구 삼진의 수모를 당하고 말았다.

그런데 과거와는 달리 양승태가 3연타석 3구 삼진을 당해 버렸다. 그 결과가 자신에게 어떻게 작용할지는 조금 더 지켜봐야겠지만 한정훈은 과거의 악몽을 되풀이하게 될지도 모른다는 불안감을 어느 정도 떨쳐낼 수 있었다.

그뿐만 아니었다. 양승태 타석 때 변화구 비중이 높아진 것도 타석을 준비하는 데 큰 도움이 되었다.

'슬라이더는 포심 패스트볼보다 공 세 개 정도가 더 멀어지는 느낌이야. 그렇다면 생각보다 일찍 꺾인다는 얘기겠지. 체인지업은 주로 바깥쪽으로 날아드니까. 코스만 노리고 있으면 대처가 가능하겠어.'

한정훈은 양승태가 용을 썼던 왼쪽 타석으로 들어갔다. 그리고 타석 뒤쪽에 최대한 붙어 섰다.

'어차피 구속은 빠르지 않으니까 처음에는 공을 끝까지 지켜보는 게 좋아.'

한정훈을 힐끔 쳐다본 뒤 고인하가 바깥쪽 포심 패스트볼 사인을 냈다. 코스는 아슬아슬하게. 공 한두 개 정도 빠지더라도 중학교 수준의 타자들의 눈에는 스트라이크처럼 보일 거라고 여겼다.

사인을 확인한 최승민도 고개를 끄덕였다. 그리고 고인하의 미트 웹을 겨냥하고 빠르게 공을 던졌다.

후앗!

최승민의 손에서 공이 빠져나오자 한정훈도 살짝 들어올린 오른 다리를 쭉 뻗으며 타격 자세에 들어갔다.

하지만 방망이를 내밀지는 않았다. 타이밍을 맞추듯 히팅 포인트 직전까지 몸을 끌고 갔다가 그대로 공을 흘려보냈다.

퍼억!

고인하의 요구보다 공 하나 정도가 바깥쪽으로 빠져나간 공은 스트라이크존을 살짝 벗어나 버렸다.

"안 치길 잘했네."

한정훈이 씩 웃으며 포구 위치를 확인했다. 느낌상 스트라이크와 볼의 경계선상으로 날아들던 공이 볼 판정을 받았으니 바깥쪽 스트라이크존은 공 한 개 정도 좁혀도 될 것 같았다.

"새끼, 운 좋게 하나 골라놓고 쪼개기는."

최승민은 보란 듯이 미간을 찌푸렸다. 그러고는 고인하의 사인을 받기가 무섭게 투구판을 박차고 나갔다.

후앗!

한정훈의 머리 뒤에서 날아들던 공이 한복판을 지나 바깥쪽으로 흘러 나갔다.

'슬라이더!'

한정훈은 초구 때처럼 파워 포지션 직전까지만 몸을 끌어다 놓았다. 그리고 공을 끝까지 바라보며 포심 패스트볼과의 차이를 확인했다.

퍼억!

"스트라이크!"

초구와 거의 비슷한 코스에 공이 틀어 박혔지만 조인식 코치는 오른팔을 들어 올렸다. 슬라이더의 특성상 홈플레이트를 걸쳐 들어갔다고 판단을 내린 것이다.

만약 다른 선수들 같았다면 같은 코스인데 판정이 다르다고 불만을 드러냈을지 몰랐다. 하지만 한정훈은 대수롭지 않게 고개를 주억거렸다.

'역시, 확실히 일찍 꺾여. 게다가 릴리스 포인트도 포심 패스트볼 때와는 미묘하게 다른 느낌이고.'

타석에서 한 발 물러서며 한정훈은 머릿속을 정리했다.

포심 패스트볼은 생각보다 날카로웠다. 슬라이더도 대기 타석에서 봤던 것보다 횡적인 변화가 컸다.

좌투수가 좌타자의 바깥쪽으로 던지는 빠른 계열의 공은 육안으로 분간하기가 쉽지 않았다. 최승민의 손끝에서 공이 빠져나온 이후 0.3초 이내에 구종과 코스를 파악하고 타격을 결정해야 하는데 포심 패스트볼과 슬라이더가 똑같은 투수 폼에서 거의 유사한 초기 궤적으로 날아온다면 타자들은 절반의 확률로 타격에 임할 수밖에 없었다.

하지만 다행히도 최승민의 포심 패스트볼과 슬라이더는 릴리스 포인트가 달랐다. 최승민이 구속 대신 무브먼트에 신경써서 던지는 과정에서 슬라이더의 투구 지점이 포심 패스트볼보다 조금 낮다는 느낌이 들었다.

게다가 공의 초기 궤적에도 차이가 났다. 최승민의 손끝을 빠져나온 공이 비행 거리의 절반인 9미터쯤 날아왔을 때 포심 패스트볼은 계속해서 곧게 뻗어 들어왔지만 슬라이더는 일찌 감치 도망칠 낌새를 풍겨댔다.

'100퍼센트는 아니지만 포심 패스트볼과 슬라이더는 어느 정도 구분할 수 있겠어.'

길게 숨을 고르며 한정훈이 다시 타석에 들어섰다.

볼 카운트는 원 스트라이크 원 볼이었다.

최승민의 초구를 걸러내면서 공 하나 정도를 더 지켜 볼 수 있는 기회가 생겼다.

타석에 들기 전 한정훈은 첫 타석은 버리기로 마음먹었다. 대기 타석에서 눈으로 보고 최은수에게 조언을 들었다 하더라 도 몸으로 직접 공을 파악하기까진 시간이 걸릴 거라 여겼다.

그러나 재활의 마지막 단계로 시범 등판을 한 최승민의 공 은 프로에서 날아다니던 시절의 최승민과는 달랐다. 그것도 중학교 레벨 선수들을 상대로 컨디션 조절하듯 던지는 공을 계속해서 지켜볼 필요는 없을 것 같았다.

"분명 또다시 바깥쪽으로 들어올 거야. 포심이나 슬라이더 는 한번 쳐보자."

한정훈이 방망이를 단단히 움켜 들었다. 그 순간.

후앗!

최승민이 내던진 공이 빠르게 바깥쪽 코스를 파고들었다.

구종은 포심 패스트볼.

코스는 바깥쪽 스트라이크.

'좋았어.'

테이크백을 마친 한정훈이 망설이지 않고 방망이를 내돌렸다.

따악!

방망이 끝 부분에 걸린 타구가 큰 포물선을 그리며 3루 쪽 파울라인 밖으로 날아갔다.

"크으으……."

한정훈의 입에서 아쉬움이 터져 나왔다. 지금은 사라져 버린 과거 한 차례 상대해 봤던 투수라 하더라도 낯선 공을 곧바로 정타로 만들어내기란 쉬운 일이 아니었다. 첫 타석에 공두 개를 지켜본 뒤 3구째 들어온 까다로운 공을 걷어냈다는 것만으로도 충분히 의의를 둘 만했다.

만약 모든 게 완벽했던 상황에서 최승민의 구위에 눌린 거라면 한정훈도 고개를 끄덕거리곤 결과를 받아들였을 것이다.

하지만 이번 공을 놓친 건 타이밍이 늦어서도, 판단이 틀려서도 아니었다.

'내 배트가 이렇게 짧았었나?'

타석에서 벗어나며 한정훈이 손에 든 방망이를 바라봤다.

손에 착 감기는 느낌 때문에 길이까지 신경 쓰지 않았는데 다시 보니 프로 때 쓰던 것보다 5㎝ 정도 짧은 느낌이 들었다.

방망이마다 조금씩 차이는 있지만 스위트스폿의 위치는 방망이 끝에서 15㎝ 정도 아래다. 그 부분에 최대한 가까이 공을 맞춰야 양질의 타구를 만들어 낼 수 있었다.

그런데 31인치의 아마추어 전용 방망이를 들고 프로 시절을 생각하며 방망이를 휘둘렀으니 공이 스위트스폿에 걸릴 리없었다.

'정신 차리자, 한정훈. 지금은 고등학교 1학년이야. 프로 시절이 아니라고.'

한정훈이 가볍게 방망이를 내돌렸다.

후웅!

은퇴 직전에 완성했던 타격 폼으로 스윙을 해보려 했지만 막상 방망이가 생각보다 퍼져서 허리를 빠져나갔다.

'이래서는 몸 쪽 공은 못 치겠는데……'

한정훈은 서둘러 타석에 들어섰다. 감을 찾기 위해 몇 번 더 연습 스윙을 하고 싶었지만 보는 눈이 많아 그럴 수가 없었다.

대신 한정훈은 홈플레이트 쪽으로 한 발 더 다가섰다. 몸 쪽 공간을 최대한 좁혀 최승민이 바깥쪽 승부를 하도록 강요할 생각이었다.

'어차피 구속이 빠르진 않으니까. 몸으로 붙어 오면 요령껏

피하자.'

한정훈이 방망이를 단단히 움켜 들었다. 그 모습이 최승민의 자존심을 건드렸다.

"이 새끼가 보자보자 하니까."

최승민은 고인하의 사인도 무시하고 한정훈의 얼굴 쪽으로 공을 내던졌다.

"……!"

최승민의 손끝에서 공이 빠져나오기가 무섭게 한정훈은 그 자리에 냉큼 주저앉아 버렸다. 김운태 감독에게 개조받기 전까지 유지했던 육중한 체격으로는 제때 공을 피하지 못할 거라고 판단을 내렸다.

다행히도 그 선택은 주효했다.

퍼엉!

공이 정확하게 한정훈이 서 있던 얼굴 쪽으로 날아들었지만 최악의 상황은 일어나지 않았다.

"야, 최승민이! 공을 어디다 던지는 거야?"

구심을 보던 조인식 코치가 마스크를 벗어 던지며 소리쳤다. 그러자 고인하가 냉큼 몸을 돌려 조인식 코치를 말렸다.

"이해해 주세요, 코치님. 승민이 아직 재활 중이잖아요."

"재활 끝났다며?"

"오늘 경기 결과를 보고 판단하기로 했어요. 아직까지는 재활 중입니다."

"그럼 저 자식. 재활 더 하라 그래. 새파랗게 어린 후배 얼굴에 공을 던지는 게 제정신이냐? 프로였으면 곧바로 매장당해, 인마!"

조인식 코치가 펄펄 날뛰는 사이 대기 타석에 있던 송승일이 다가와 주저앉은 한정훈을 잡아끌었다.

"고맙다."

"으으, 고마우면 살 좀 빼라. 뭐가 이렇게 무거워?"

"그렇지 않아도 뺄 생각이다."

한정훈이 힘겹게 일어섰다. 김운태 감독을 만나 체중 감량에 성공한 이후로 제 몸을 가누지 못한 적은 없었는데 다시 비대해진 몸뚱어리를 만나고 보니 좀처럼 적응이 되질 않았다.

'빌어먹을. 이게 꿈이 아니라면 살부터 빼야겠다.'

대충 엉덩이를 털어낸 뒤 한정훈은 다시 방망이를 집어 들었다. 그리고 아무 일도 없었다는 것처럼 가볍게 방망이를 내돌렸다.

그 모습을 멀리서 지켜보던 김운태 감독이 송인수 수석 코치를 바라봤다.

"저 녀석, 이름이 뭐였지?"

"한정훈입니다."

"한정훈이라, 어디 나왔어?"

"송은중 출신입니다. 중학교 1학년 때부터 4번을 쳤다고 합니다."

"흠……."

김운태 감독이 이내 고개를 끄덕거렸다. 머릿속 어딘가 집어넣어 두었던 한정훈에 대한 데이터가 떠오른 것이다.

전임 감독인 최성환 감독은 한정훈에 대해 잘만 키우면 쓸 만한 중장거리형 타자가 될 거라고 평가했다.

물론 김운태 감독의 생각은 달랐다. 7할에 가까운 장타율에 비해 평범한 타율과 기대 이하인 출루율을 보고 장타자로서 가능성은 없다고 판단했다.

하지만 데이터 속 한정훈에 비해 타석에 선 한정훈은 제법이었다. 타석에서 까다로운 공을 골라내는 눈도 가지고 있고 볼카운트에 일희일비하지 않는 침착함도 갖춘 듯했다. 무엇보다 빈볼이 날아들었는데도 금방 마음을 다잡는 모습이 마음에 들었다.

"잘 가르치면 괜찮을 듯싶은데요."

김운태 감독의 눈치를 보며 송인수 코치가 조심스럽게 말을 붙였다. 그러자 김운태 감독이 다시 한번 고개를 끄덕였다.

"나쁘진 않은데…… 너무 뚱뚱해."

"오늘 훈련 이후로 체중 감량을 지시하도록 하겠습니다."

"10kg, 아니, 15kg정도는 빼도 될 것 같은데."

"대회 전까지 말입니까?"

"대회 얼마 안 남았잖아? 저 체격에 급격히 살을 빼라고 하면 죽어날 거야. 그러니까 여름이 되기 전까지만 빼보라고 해 봐."

김운태 감독은 한정훈에게 일찌감치 합격점을 주었다. 아직 세 번의 타격이 끝난 건 아니지만 송인수 코치의 말처럼 잘 만들면 대성할 수 있을 것 같았다.

그러나 한정훈의 타격은 이제부터가 시작이었다.

"투 스트라이크 투 볼이야. 다시 배팅 찬스라고."

타석에 들어서며 한정훈이 나직이 중얼거렸다.

투 스트라이크 원 볼과 투 스트라이크 투 볼은 의미가 달랐다. 전자가 투수에게 절대적으로 유리한 볼 카운트라면 후자는 투수와 타자 모두가 노림수를 가지고 승부를 봐야 하는 볼 카운트였다.

상황은 여러모로 한정훈에게 유리했다.

재활 후 컨디션 점검차 등판한 경기라는 점에서 최승민이 무리하기란 쉽지 않았다. 게다가 조금 전에 빈볼성 공을 던지는 과정에서 투구 밸런스도 흐트러졌을 가능성이 높았다.

'3구에 커트를 당했으니까 또다시 포심 패스트볼을 던지지는 않을 거야. 체인지업. 혹은 슬라이더. 일단 슬라이더를 노려보자.'

한정훈은 이번에도 홈플레이트에 바짝 붙어 섰다. 퍼져 나오는 스윙과 짧은 방망이의 길이를 고려했을 때 바깥쪽 공에 제대로 대응할 수 있는 방법은 이것뿐이었다.

"저 자식이!"

최승민의 얼굴이 또다시 벌게졌다. 이제 막 중학교를 졸업한 애송이가 4구째 위협구를 던졌음에도 또다시 홈플레이트에 붙어 섰다. 이건 자신을 우습게 안다는 소리나 다름없었다.

마음 같아선 이번엔 제대로 한정훈을 맞혀 버리고 싶었다. 하늘같은 선배에게 까불다간 큰 코 다친다는 걸 확실히 가르쳐 주고 싶었다.

하지만 그랬다간 조인식 코치는 물론이고 김운태 감독도 가만히 있지 않을 터였다.

"내가 그런다고 겁먹을 줄 아나 본데. 어림없다."

최승민은 바깥쪽 공을 요구하는 고인하의 사인을 전부 거절했다. 그리고 몸 쪽 체인지업 사인이 들어오자 비로소 고개를 끄덕였다.

'그래. 이 녀석 만만치가 않았는데 확실히 찍어 누르고 가자.'

고인하가 미트를 두어 번 두드린 뒤 단단히 받쳐 들었다. 그 미트를 향해 최승민이 빠르게 공을 던졌다.

후앗!

최승민의 머리 뒤쪽에서 날아온 공이 그대로 한정훈의 몸 쪽을 파고들었다.

'이건 못 쳐.'

간결한 테이크백에 이어 방망이를 내돌릴 모든 준비를 마쳤지만 한정훈은 그대로 몸을 멈춰 세웠다. 바깥쪽으로 퍼져서 돌아 나오는 지금의 스윙 궤적상 몸 쪽을 빠르게 파고드는 공을 제대로 맞혀내기란 불가능에 가까웠다.

지금 기대할 수 있는 건 공이 스트라이크존을 벗어나는 것.

공의 구종이 포심 패스트볼이 아니라 체인지업이라면 그럴 가능성도 충분하다고 여겼다.

퍼억!

둔탁한 포구 소리와 함께 고인하가 미트를 들어 올렸다. 하지만 전직 포수 출신인 조인식 코치는 눈 하나 까딱하지 않았다.

"어디서 미트질이냐?"

"미트질 아니에요, 선배님. 들어왔어요."

"얌마. 난 소리만 들어도 다 알아. 헛짓거리 그만하고 공이나 돌려."

"진짜 들어왔는데……."

고인하가 투덜거리며 최승민에게 공을 던졌다. 최승민은 이게 어떻게 볼이냐며 이해할 수 없다는 표정을 지었다.

한정훈은 타석에서 벗어나 쿵쾅거리는 심장을 달랬다.

'좋아. 잘 참았어, 한정훈.'

타자 입장에서는 이렇게 허를 찌르는 공이 가장 까다로웠다. 볼 카운트가 여유로운 상황이라면 그저 당했네 하고 넘어갈 테지만 지금처럼 볼카운트가 꽉 차 있다면 어떻게 대응해야 할지 머릿속이 분주해질 수밖에 없었다.

판단이 흔들리면 밸런스가 무너진다. 그리고 밸런스가 무너지면 좋은 결과를 만들어낼 수 없었다.

그래서 한정훈은 과감하게 타격을 포기했다.

공을 맞힐 수 있느냐 없느냐의 문제를 스트라이크냐 볼이냐의 문제로 바꿔 버린 것이다.

천만다행스럽게도 결과는 한정훈에게 유리한 방향으로 나왔다. 하지만 그렇다고 해서 기뻐하고 있을 수는 없었다.

'최승민도 고작 고등학교 1학년에게 볼넷을 내주고 싶진 않겠지. 분명 승부가 들어올 거야. 몸 쪽으로 하나 보여줬으니 바깥쪽일 거야. 그걸 노리면 돼.'

한정훈은 다시 바깥쪽을 노리고 타석에 들어섰다. 최승민이 몸 쪽에 공을 붙일지도 모른다는 불안감은 단호하게 털어냈다.

세 타석 중 첫 번째 타석이다.

그저 공을 눈에 익히는 것만으로도 충분하다고 여겼던 타석을 풀카운트까지 끌고 왔으니 이미 목표는 이룬 셈이었다.

'이 자식은…… 대체 뭐지?'

한정훈이 조용히 타격을 준비하자 고인하가 미간을 찌푸렸다.

4구째 빈볼에 이어 5구째 잘 떨어진 체인지업이 들어갔는데도 한정훈은 이렇다 할 표정 변화가 없었다. 마치 산전수전 다 겪은 프로 선수라도 되는 것처럼 타격에만 집중하고 있었다.

'젠장. 유인구를 던져야 하나? 아니지, 아니야. 이 녀석이 요행을 기다릴 수도 있으니까…….'

잠시 고심하던 고인하가 손가락을 움직였다. 그러자 최승민이 기다렸다는 듯이 고개를 끄덕였다.

"후우……."

길게 숨을 고르던 최승민이 투구 동작에 들어갔다.

한정훈도 망설이지 않고 타격을 준비했다. 최승민의 스트라이드에 맞춰 가볍게 오른 다리를 들어 올린 뒤 무게 중심을 앞쪽으로 옮기며 최승민의 손끝을 뚫어져라 바라봤다.

그 순간.

파앗!

로진 가루를 튕기며 새하얀 공이 최승민의 손끝에서 튕겨져 나왔다.

'높다.'

한정훈은 반사적으로 포심 패스트볼이라는 걸 직감했다. 슬라이더를 던질 때보다 릴리즈 포인트가 살짝 높았다. 공을 채는 동작도 간결했다.

한정훈은 들어 올렸던 오른발을 단단히 내디뎠다. 그리고 바깥쪽으로 도망치듯 빠져나가는 공을 향해 정확하게 방망이를 뻗어냈다.

따악!

묵직한 타격음이 귓가에 울렸다. 뒤이어 찌릿한 울림이 방망이를 타고 전해졌다.

'먹혔나?'

정타는 아니었지만 한정훈은 끝까지 방망이를 밀어냈다.

그래서일까.

타당!

쭉 뻗어나간 타구가 왼쪽 간이 펜스를 원 바운드로 때렸다.

"말도 안 돼."

뒤쪽에 서서 한정훈의 타격을 지켜보던 양승택이 입을 쩍 하고 벌렸다.

넋이 나간 건 포수 고인하도 마찬가지였다. 설마하니 한정훈이 이 공을 때려낼 것이라고는 예상하지 못했던지 멍하니 한정훈의 뒤통수만 바라봤다.

"제법이로군."

김운태 감독도 고개를 끄덕였다.

그러자 송인수 수석 코치가 감탄하듯 주절거렸다.

"먹힌 느낌이었는데 생각보다 비거리가 잘 나온 것 같습니다."

"팔로 스윙이 좋았어. 어깨가 먼저 열리지도 않았고."

"투수가 최승민인 걸 감안하면 합격점을 줘야 하지 않을까요?"

"그렇게 생각하나?"

"결정이야 감독님이 하시겠지만 저는 저 녀석 마음에 듭니다."

송인수 코치가 씩 웃었다. 서린 고등학교의 중심 타선에 포함되기란 쉽지 않겠지만 1학년 주제에 최승민의 공을 펜스 근처까지 때려낸 걸 보면 싹수가 노래보였다.

"자네 생각이 그렇다면 합격시켜 줘야지."

김운태 감독이 피식 웃으며 주머니 속에서 수첩을 끄집어냈다. 그러고는 한정훈이라는 이름과 통이라는 한자를 빠르게 휘갈겼다.

그렇게 첫 타석 만에 한정훈은 타격 테스트 합격이 결정됐다.

"그만 치라고 할까요?"

송인수 코치가 김운태 감독을 바라봤다. 한 타자마다 세 번의 타석에 설 기회를 주긴 하지만 합격한 선수들은 예외였다.

실제로 주장인 강승혁을 비롯해 3학년 주전 일부가 두 타석만에 타격을 끝마쳤다. 서린 고등학교 선수를 통틀어 첫 타석만에 합격점을 받은 건 한정훈이 처음이었지만 최승민의 공을 받아쳤으니 다들 군말 없을 것 같았다.

"그래야겠지."

김운태 감독이 가볍게 고개를 끄덕였다.

하지만 최승민은 이대로 한정훈을 내려 보낼 생각이 눈곱만큼도 없었다.

"인하야!"

최승민이 곧바로 새 공을 달라고 요구했다. 그러고는 보란 듯이 빠른 공을 고인하의 미트 속에 꽂아 넣었다.

퍼엉!

제법 묵직한 포구 소리가 운동장에 울려 퍼졌다. 동시에 한정훈의 두 눈이 반짝거렸다.

'빠르다.'

최승민은 지금까지는 몸 풀기에 불과했다며 빠른 공을 연거푸 내던졌다. 그 무력시위 앞에 김운태 감독도 헛웃음을 흘릴 수밖에 없었다.

"승민이 녀석이 단단히 약이 오른 거 같으니까 두 타석 더

치라고 해."

"하지만 그랬다간……."

"저 녀석도 알아야지. 선배가 하나 맞아줬다는 걸 말이야."

김운태 감독은 내심 이런 상황을 기다렸다. 고교 최강이라는 서린 고등학교에서 자신의 자존심을 세워줄 만한 기대주가 한 명쯤은 나와 주길 말이다.

기대했던 홈런까진 아니었지만 한정훈의 장타는 최승민을 각성하게 만들기에 충분했다.

"최승민을 데려오길 잘했군."

김운태 감독이 기대어린 눈으로 마운드를 바라봤다. 고등학교 시절 싸움닭이라 불렸던 최승민이 단단히 열이 받았으니 이제야 제법 볼만한 대결이 될 것 같았다.

"정훈이가 너무 당하는 거 같으면 마지막 타석은 빼겠습니다."

송인수 코치가 불만스러운 표정을 지었다.

얼마 전까지 한성 대학교 총감독 자리에 앉아 있었던 김운태 감독이야 최승민의 부활이 반가울지 몰라도 송인수 코치는 아니었다.

송인수 코치는 독립 리그 코치로 있다가 김운태 감독의 부름을 받고 서린 고등학교에 합류했다. 게다가 모교인 중운 대학교는 한성 대학교와 라이벌 관계였다.

'정훈아, 오래 기다릴 것 없어. 초구부터 눈에 들어오면 그냥 때려 버려!'

송인수 코치가 주먹을 힘껏 움켜쥐었다.

그 응원이 통한 것일까.

따악!

한정훈이 초구부터 망설이지 않고 방망이를 내돌렸다.

아쉽게도 타구는 방망이 끝 부분을 맞고 백네트 쪽으로 날아갔다. 5㎞/h이상 빨라진 최승민의 포심 패스트볼 구위에 밀리긴 했지만 타이밍만큼은 얼추 맞춰낸 것이다.

"허허."

김운태 감독이 헛웃음을 흘렸다. 설마하니 한정훈이 최승민의 공을 초구부터 야무지게 때려낼 줄은 몰랐다는 반응이었다.

"구속이 얼마나 나왔을까?"

"글쎄요. 못해도 145㎞ 정도는 되어 보이는데요."

"145㎞는 너무 썼는데?"

"그래도 과연 최승민이네요. 공이 워낙 빨라서 정훈이가 제대로 때리진 못할 것 같습니다."

송인수 코치는 일부러 최승민을 칭찬했다. 첫 타석 때보다 구속과 구위를 바짝 끌어 올렸는데도 한정훈이 반응했으니 이 정도면 설사 삼진을 당한다 해도 남는 장사 같았다.

"저 녀석이 어지간히 마음에 들었나 보군."

"1학년이고 좌타자니까요. 잘만 키우면 승협이처럼 될 것 같습니다."

한정훈이 최승민의 초구를 받아친 순간부터 송인수 코치는 한정훈에 대한 기대치를 높였다. 프로 레벨의 재능에서 프로 최상위 레벨의 재능으로.

그 기대감이 자연스럽게 대한민국이 낳은 최고의 왼손 타자 이승협으로까지 이어졌다.

하지만 김운태 감독은 한정훈이 이승협 수준까지 성장하기란 무리라고 판단했다. 타격 자세도 엉성하고 스윙도 지나치게 퍼져 나왔다. 무엇보다 너무 뚱뚱했다. 지금은 뱃심으로 공을 때려내지만 체중 감량에 들어간 이후에도 펀치력을 유지할 거란 생각은 들지 않았다.

"꿈이 커. 이승협이라니. 프로에 가서 제 밥벌이나 하면 다행인 거지."

"그렇다면 제게 한번 맡겨보시렵니까? 저는 잘 키울 자신 있는데요."

"자네한테? 강승혁은 어쩌고?"

"승혁이야 이제 3학년이잖습니까. 뭔가를 가르치는 것보다 다듬어줘야 할 녀석이고요. 정훈이는 다르죠."

"흠……. 뭐, 그렇게 욕심이 나면 어디 한번 해보라고. 대신

중간중간에 보고하는 건 잊지 말고."

"여부가 있겠습니까?"

송인수 코치가 씩 웃으며 한정훈을 바라봤다. 때마침 최승민이 내던진 공이 홈플레이트를 향해 빠르게 날아들었다.

따악!

한정훈은 이번에도 방망이를 내돌려 최승민의 공을 맞혀냈다.

"역시, 내 눈이 틀리지 않았어."

송인수 코치의 입가가 더욱 크게 찢어졌다.

3장
달라지자

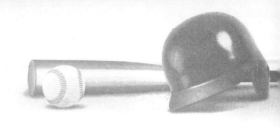

1

한정훈과 최승민의 맞대결은 무승부로 끝이 났다.

"여기까지. 애들 상대로 뭐 하는 거야?"

바깥쪽으로는 안 되겠다 싶었던 최승민이 한정훈의 몸 쪽을 공략하자 송일수 수석 코치가 대결을 끝내 버린 것이다.

2타수 1안타. 그리고 삼진 하나.

"이만하면 잘 쳤다."

한정훈이 길게 숨을 고르며 타석에서 물러났다. 그러자 송일수 코치가 한정훈을 불렀다.

"마지막 타석 못 쳐서 서운하냐?"

"아니요."

"아니야? 왜? 한 타석 더 치면 최승민이 공을 제대로 받아 칠 수 있을 것 같은데?"

"바깥쪽 공만 던진다면 어떻게든 버텨보겠는데 몸 쪽 공은 솔직히 자신 없어서요."

"허허, 네가 몸 쪽에 약한 건 알고 있었냐?"

"네, 조금 전에 삼진 먹고 나서 확실히 알았습니다."

"그래, 그렇다면 됐다."

송일수 코치가 씩 웃으며 한정훈의 등을 두드렸다. 한정훈 이 두 번째 타석 때 당한 삼진에 얽매어 있으면 어쩌나 걱정 했는데 기우였던 모양이었다.

본디 좋은 타자라면 타석에서의 결과에 일희일비할 필요가 없었다. 이번 타석의 아쉬움을 바탕으로 다음 타석에서 좋은 결과를 내면 그만이었다. 모든 타석에서 매번 좋은 결과를 내 려고 덤벼드는 건 욕심에 불과했다.

구속을 끌어 올린 최승민은 역시나 까다로운 투수였다. 이 제 막 고등학교에 올라 온 한정훈이 투지만으로 감당할 수 있 는 상대는 아니었다. 게다가 몸 쪽에 약하다는 게 두 번째 타 석을 통해 확실히 드러났으니 계속해서 타석에 들어선다 하 더라도 좋은 결과를 만들어내기가 어려워보였다.

그래서 송일수 코치는 다급히 대결을 중단시켰다. 더 이상 의 대결은 한정훈에게 아무런 득이 되지 않는다고 판단을 내린 것이다.

하지만 담담하게 결과를 받아들이는 한정훈을 보니 세 번째 타석을 취소한 게 후회가 됐다.

'어린 나이에 결과에 승복할 줄도 알다니. 확실히 난놈이야.'

송일수 코치의 시선이 한정훈을 따라 움직였다. 운동장 구석으로 자리를 옮긴 한정훈은 두 번째 타석을 복기하며 가볍게 방망이를 휘둘렀다.

'인 앤 아웃으로 쳤으면 맞았을까?'

왼팔을 옆구리 쪽에 밀착시킨 뒤 한정훈이 천천히 허리를 돌렸다. 확실히 퍼져 나오던 스윙보다 방망이 중심이 안쪽으로 돌았다.

그러나 그건 어디까지나 이론적인 이야기에 불과했다. 실전에서 인 앤 아웃 스윙을 완벽하게 구사하기 위해서는 의식만으로도 몸이 반응해 줘야 하는데 지금으로는 불가능해 보였다. 그저 가볍게 흉내를 내는 것만으로도 겨드랑이가 불편해졌다.

"젠장, 진짜 살을 빼든가 해야겠어."

복기를 마친 한정훈이 더그아웃 안쪽에 붙은 거울 앞에 섰다. 위협구를 피하다 엉덩방아를 찧은 순간부터 위험하다 싶었는데 막상 거울 속에 비친 모습을 보니 그저 한숨만 나왔다.

"후우…… 대체 몇 kg인거지?"

정확하게는 체중계에 올라가 봐야겠지만 육안으로 보기에는 대략 100㎏ 가까이 되는 것 같았다. 중학교 졸업할 당시 키가 174㎝ 정도였으니 BMI로 따지면 중등 비만, 거의 위험 수위였다.

"이걸 감독님 만나고 75㎏까지 뺐지 아마?"

한정훈의 시선이 잠시 김운태 감독에게 향했다. 김운태 감독의 빡빡한 스케줄을 소화한다면 3개월 안에 다시 날씬하게 변할 수 있을 것 같았다.

하지만 김운태 감독은 과거처럼 한정훈에게 무리한 다이어트를 주문할 생각이 없었다.

"다들 집합."

타격 테스트가 끝나자 김운태 감독은 선수들을 한자리에 불러 모았다.

고교 최강 서린 고등학교 야구부에 이름을 올린 인원은 총 47명이었다. 그중 3학년이 13명이고 2학년이 15명이었다. 그리고 새로 들어온 신입생이 무려 19명이나 됐다.

정상적인 중학 야구 졸업생이라면 3학년이 빠져나갔음에도 28명의 정원을 채운 야구부에 결코 들어오려 하지 않았을 것이다.

최악의 경우 3학년이 되더라도 주전으로 뛰지 못할 가능성이 높기 때문이었다.

마찬가지 이유로 정상적인 고교 야구부라면 지나치게 많은 선수를 받아서 팀의 경쟁력을 떨어뜨리는 짓을 하지 않을 것이다.

아마추어 야구는 프로 야구와 달랐다. 프로 입시를 앞둔 3학년들이 주전 경쟁에서 밀려 경기에 뛰지 못한다면 학부형들부터 가만있지 않을 터였다.

그러나 서린 고등학교는 지원자의 수를 제한하지 않았다. 실력이 있다고 확인된 선수들은 누구든 받아주었다.

중학 야구 졸업생들도 서린 고등학교에 들어가기 위해 이를 악물었다. 후보 선수나마 서린 고등학교의 유니폼을 입고 뛴다면 하위 라운드 지명도 기대해 볼 만하다는 게 이 바닥 정설이었다. 서린 고등학교에 아무나 들어갈 수 없으니 후보 선수들도 기본적인 실력을 인정받는 것이다.

"오늘 테스트 받은 게 몇 명이지?"

김운태 감독이 송일수 코치를 바라봤다.

"총 37명입니다. 그중에 5명은 투수 겸직이고 순수하게 야수만 따져서 32명입니다."

송일수 코치가 명단을 확인했다.

3학년이 10명(투수 겸직 1명).

2학년이 14명(투수 겸직 4명).

1학년이 13명.

테스트를 받은 숫자는 2학년이 가장 많았지만 순수 야수들만 놓고 보자면 1학년의 경쟁이 가장 치열했다.

"흠……."

명단을 확인한 김운태 감독이 가볍게 고개를 주억거렸다. 그리고는 선수들을 돌아보며 일장 연설을 시작했다.

"너희도 알다시피 서린은 강하다. 강한 만큼 재능 있는 선수가 많다. 하지만 모든 선수가 주전으로 뛸 수 있는 건 아니다. 아마 다른 학교에 갔다면 2학년 때 전국 대회를 경험한 뒤 3학년 때부터 주전으로 뛸 수도 있었을지 모른다. 하지만 서린은 다르다. 서린은 잘하는 선수가 주전으로 뛴다. 그게 지금까지의 전통이었고 나 역시 그 전통을 존중할 생각이다. 내 결정에 이의 있는 사람 있나?"

김운태 감독이 잠시 말을 끊고 선수들 한 명, 한 명과 눈을 맞췄다. 개중에는 시선을 피하는 선수도 있었고 어색해하는 선수도 있었다.

김운태 감독과 똑바로 눈을 맞추는 선수는 소수에 불과했다.

하지만 그중 누구도 김운태 감독의 말에 불만을 제기하지 않았다. 이 모든 걸 각오하고 서린 고등학교에 들어왔기 때문이다.

애당초 서린 고등학교 야구부는 일반 고교 야구부와 지향

점이 달랐다. 물론 모든 고교 야구부가 우승을 목표로 하는 건 마찬가지였다.

그러나 서린 고등학교는 다른 학교들처럼 우승을 하지 못할 것에 대비해 실력과 인성을 겸비한 선수를 배출하겠다고 떠들지 않았다. 주변의 비난 속에서도 최고의 선수를 육성하겠다는 방침을 분명하게 밝혔다.

서린 고등학교 야구부에 자식을 보낸 학부형들도 아이들을 잘 지도하겠다는 코칭스태프의 입바른 말을 믿지 않았다. 그보다는 지난 10여 년간 이어져 내려온 서린 고등학교 야구부만의 기본 이념을 철저히 신봉했다.

서린은 최고의 환경 속에서 최고의 선수들을 육성한다.

서린의 올바른 졸업자라면 누구든 프로에 가서 성공할 수 있다.

서린 고등학교는 선수들에게 단순히 최고가 되라 말하지 않았다. 떡잎부터 다른 선수를 모아 놓았으니 최고 중에서도 최고가 되어야 한다고 선수들을 나그쳤다.

그리고 당연하게도 그 과정에서 경쟁은 피할 수가 없었다.

"다들 불만 없는 걸로 알고 지금부터 테스트 결과를 발표하겠다."

김운태 감독이 주머니에서 수첩을 꺼내 들었다. 그러자 송일수 코치가 냉큼 결과지를 김운태 감독의 앞쪽에 내놓았다.

"3학년 강승혁. 합격."

가장 먼저 호명이 된 것은 주장 강승혁이었다. 140㎞/h 중반대의 날카로운 포심 패스트볼을 던지는 한성 대학교 2학년 사이드암 홍일찬을 상대로 2개의 안타를 때려내며 김운태 감독의 눈도장을 확실히 받았다.

그다음으로 호명을 받은 건 최주찬.

"예스!"

첫 두 타석은 범타로 물러났지만 마지막 타석에서 라인선상에 떨어지는 2루타를 때려내며 김운태 감독을 미소 짓게 만들었다.

세 번째로 호명을 받은 건 중견수 송민호. 비록 안타를 만들어내진 못했지만 홍일찬과 세 타석 연속 풀카운트 승부를 끌고 가며 투지를 보여주었다.

그 다음으로 유격수 나승진과 포수 박지승이 합격점을 받았다. 평소 타격보다는 수비적인 안정감이 뛰어나다는 평가를 받았지만 오늘 만큼은 타석에서 악착같이 버티며 홍일찬을 강판시키는 데 혁혁한 공을 세웠다.

그렇게 다섯 명의 선수들을 호명한 뒤.

"다음, 2학년."

김운태 감독이 충격적인 말을 내뱉었다.

순간 호명되지 않은 3학년들의 표정이 딱딱하게 굳어졌다.

반면 2학년들은 서로 주먹을 움켜쥐며 좋아했다.

지명타자를 포함한 9개의 포지션 중 1차적으로 주인이 정해진 건 5자리. 나머지 4자리가 공석이니 2학년들이 주전으로 뽑힐 가능성이 그만큼 높아졌다.

"대박, 진짜 이러다 주전되는 거 아냐?"

"쉿, 조용히 해. 선배들 듣겠다."

"들으면 어때? 실력대로 평가받는 건데."

"야, 거기. 목소리 안 낮추지?"

조금 전까지만 해도 경건했던 분위기가 소란스럽게 변했다. 흥분한 2학년들과 선택받지 못한 3학년들 사이에서 짜증 섞인 목소리들이 오갔다.

오늘 타격 테스트를 받은 2학년은 총 14명. 그중 4명이 투·타 겸직이고 타격 결과가 좋지 않았다는 걸 감안하면 실제 경쟁자는 10명이었다.

10명 중 4명이면 경쟁률은 2.5 대 1이다. 그 정도 경쟁률이면 누구나 혹시나 하는 마음을 먹을 수밖에 없었다.

하지만 김운태 감독의 성격을 누구보다 잘 아는 한정훈은 2학년들이 활짝 웃을 일은 없을 것이라고 단언했다.

아니나 다를까.

"2학년 합격자는 안시원."

김운태 감독은 단 한 명의 합격자를 호명한 뒤 명단을 넘겨 버렸다.

"뭐, 뭐야? 시원이 혼자야?"

"젠장, 좋다 말았네."

선택받지 못한 2학년들의 얼굴이 참담하게 굳어졌다. 반면 호명을 기다리는 1학년들은 조금 전 2학년들 못지않게 들떠 올랐다.

"와, 진짜 쫄린다. 정훈이 너는 괜찮냐?"

투덜이 송승일이 가쁜 숨을 몰아쉬며 한정훈을 바라봤다. 한정훈 다음으로 타석에 들어섰다는 이유만으로 최승민에게 삼진 3개를 먹는데도 송승일은 기대감을 감추지 못했다.

"꿈 깨. 1학년 중에는 아무도 합격 못 했을 테니까."

한정훈이 쓴웃음을 지었다. 세 자리가 남았다고 1학년들이 발탁될 거라 착각하는 송승일이 그저 귀엽게만 느껴졌다.

선수들의 자발적인 경쟁을 노리는 김운태 감독이 테스트 초반부터 9명의 주전을 발표할 리 없었다. 게다가 지금까지 발표된 인원들은 전 최성환 감독조차 올 시즌 주전으로 점찍 었던 선수들이었다. 감독이 바뀌었다 하더라도 실력 면에서 주전으로 뽑히는 게 당연한 이들이었다.

'과거대로라면 김운태 감독의 발표는 여기서 끝이야. 그리

고 탈락한 선수들에게 혹평을 쏟아내겠지.'

한정훈은 적어도 이 시점에서 과거가 크게 달라지진 않을 것이라 여겼다.

하지만 김운태 감독은 1학년 명단과 자신의 수첩을 한참동안 살핀 뒤 추가로 한 명의 이름을 입에 올렸다.

"그리고 1학년 중에서는 한정훈. 너만 합격이다."

순간 호명받지 못한 이들의 복잡한 시선들이 한정훈에게 날아들었다. 설마하니 1학년 중에 깐깐한 김운태 감독의 테스트를 통과하는 녀석이 나오리라고는 생각하지 못한 모양이었다.

하지만 강승혁과 최주찬을 비롯해 유일한 2학년 합격생 안시원까지 합격자들은 다들 고개를 주억거렸다.

"정훈이가 잘 쳤지."

"보통 잘 친 게 아니지. 승민 선배를 전력투구하게 만들었잖아."

"정훈이 진짜 장난 아니던데요? 마치 승민 선배 공을 연구하기라도 한 것처럼 받아놓고 치는 느낌이었어요."

"몸 쪽 승부에 대한 대처만 됐더라도 두 번째 타석에서 안타가 나왔을지 몰라. 그럼 아마 우리 중에 제일 먼저 호명됐을지도 모르지."

자연스럽게 한자리에 모인 합격자들은 김운태 감독의 결정이 잘못되지 않았다고 입을 모았다.

물론 현 시점에서의 실력은 한정훈이 다른 고학년들에 밀릴지도 몰랐다. 그러나 한정훈이 최승민을 상대로 보여준 타격 재능이라면 몇 개월 지나지 않아 두각을 드러낼 게 뻔했다.

"작년에 시원이 보고 괴물 같은 놈이 들어왔다 싶었는데 정훈이는 더하더라. 마치 승혁이 1학년 때 보는 느낌이야."

"느낌만 그런 거지? 승혁이 1학년 때 좀 뚱뚱했다고 놀리는 거 아니지?"

"모르지. 정훈이도 승혁이처럼 여자한테 까이고 나서 폭풍 다이어트를 시작할지도."

"야! 까인 거 아니라니까?"

"그래, 미안. 네가 차인 걸로 할게."

"시끄럽고. 시원아, 네가 가서 정훈이 좀 데려와라."

"그래, 네가 데려와. 저 녀석 저기 있다가 지리겠다, 야."

3학년 합격생들이 웃고 떠드는 사이 안시원이 한정훈을 데려왔다. 그때까지 한정훈은 멍한 얼굴로 서 있었다. 그렇다고 1학년 주제에 눈치도 없이 좋아할 수는 없는 노릇이었다.

"뭘 그렇게 얼어 있어? 선배들이 잡아먹을까 봐 겁나냐?"

"그래도 겁나는 척은 해야죠. 1학년인데."

"짜식, 아무튼 잘했다. 넌 뽑힐 줄 알았어."

"고마워요, 주찬이 형."

"이 자식이 끝까지 형이네? 좋아. 까짓것 기분이다. 앞으로 형이라고 불러라."

"이미 형이라고 부르고 있었는데요. 뭘."

한정훈의 넉살에 최주찬은 물론이고 강승혁과 다른 합격자들까지 헛웃음을 흘렸다.

하지만 그 화기애애한 분위기는 오래가지 못했다.

"다들 주목."

김운태 감독이 다시 분위기를 다잡은 것이다.

"합격자들은 너무 좋아하지 마라. 오늘 합격했다고 해서 내일도 합격자인 건 아니니까. 그리고 불합격자들도 좌절하지 마라. 너희는 서린인이다. 스스로 재능에 대한 자부심과 확신을 가져라. 그리고 당당히 주전 자리를 빼앗아라."

김운태 감독은 대놓고 경쟁을 부추겼다. 누구든 잘하면 한정훈처럼 주전으로 기용하겠다며 3학년과 2학년들은 물론이고 1학년들의 눈빛까지 달라지게 만들었다.

"어째 네가 공공의 적이 된 기분이다?"

최주찬이 한정훈의 엉덩이를 툭 하고 쳤다.

"승혁 선배는 어땠어요?"

한정훈이 강승혁을 바라봤다. 그러자 강승혁이 피식 웃음을 흘렸다.

"그냥 즐겨, 정훈아. 서린에 들어온 이상 시기 질투는 피하기 어려워. 그런 것에 빠져서 시간 낭비, 감정 낭비하지 말고 앞만 보고 가. 그러면 나머지는 자연스럽게 해결되니까."

오늘 테스트 전까지 서린 고등학교 야구부 공식 밉상은 2학년 안시원이었다. 그리고 안시원이 입학하기 전에는 강승혁이 모든 시기와 질투를 한 몸에 받아왔다.

강승혁은 주변의 질시를 이겨내는 것도 실력이라고 말했다. 안시원도 동의하듯 한정훈의 어깨를 두드렸다.

"딱 1년만 참아라. 너처럼 무시무시한 후배가 나타나면 좀 편해질 테니까."

"만약 안 나타나면요?"

"그럼 뭐…… 계속 고달파지는 거지, 뭐."

"하아……. 그런데 제가 그럴 깜냥이나 되는지 모르겠어요."

한정훈이 앓는 소리를 냈다.

최승민을 상대로 안타를 하나 때리긴 했지만 그걸로 인생이 바뀔 거라 생각하지 않았다. 지금 합격자 그룹에 끼어 있는 것도 내심 부담스럽기만 했다.

그러나 안시원은 한정훈이 엄살을 핀다고 여겼다.

"어쨌든, 정훈아. 이거 하나만 부탁하자."

"뭘요?"

"어지간하면 1루에 있어라. 3루로 오지 말고."

안시원의 주 포지션은 3루였다. 1학년 때 백업 내야수로 뛰면서 내야 전 포지션을 소화할 수 있었지만 안시원이 가장 선호하는 자리는 3루 베이스 옆이었다.

안시원은 강승혁의 냄새를 폴폴 풍기는 한정훈과 경쟁하지 않길 바랐다. 한정훈도 굳이 익숙하지 않은 3루 자리를 두고 안시원과 얼굴을 붉힐 생각이 없었다.

"제 맘대로 되는 건 아니겠지만, 노력은 해볼게요."

"그래. 그렇게만 하면 내가 맛있는 거 잔뜩 사줄게."

"그런데 선배, 수비 테스트는 내일인 거죠?"

"편하게 형이라고 불러."

"그래도 돼요?"

"주찬 선배한테는 잘도 형이라고 하더니 나만 차별하는 거냐?"

안시원이 서운하다는 투로 말했다.

"차별은요. 좋아서 그러는 거죠."

한정훈이 냉큼 안시원의 기분을 맞춰주었다. 그제야 안시원도 입가에 미소를 그렸다.

"어쨌든 내일은 양말 두 켤레 신고 와. 김운태 감독님 펑고가 독하기로 소문난 거 알고 있지? 발에 물집 잡혔다고 징징댔다간 오늘 합격 취소될지도 몰라."

"그럴게요."

"그렇다고 너무 부담 갖진 말고. 너라면 지명타자 자리에 들어갈 수도 있을 테니까."

지명타자는 수비 능력은 부족하지만 공격적인 재능이 뛰어나 팀에 보탬이 되는 이들을 위한 자리였다. 그리고 오늘 합격한 7명의 선수 중 지명타자에 가장 잘 어울리는 건 누가 뭐래도 한정훈이었다.

한정훈도 묵묵히 고개를 주억거렸다. 강승혁을 제치고 1루 자리를 빼앗는 게 현실적으로 쉽지 않다면 지명타순에서 숨을 고르며 내년을 노리는 것도 나쁘지 않을 것 같다는 생각이 들었다.

'어찌됐건 살부터 빼야 해.'

한정훈의 시선이 다시 김운태 감독에게 향했다. 과거처럼 김운태 감독이 체중을 감량하라는 지시만 내려준다면 다른 사람 눈치 볼 것 없이 다이어트에 집중할 생각이었다.

하지만 김운태 감독으로부터 한정훈에 관한 전권을 넘겨받은 송인수 코치는 무리한 다이어트 프로그램을 강요할 마음이 없었다.

"정훈아, 지금 몸무게가 얼마나 나가니?"

"조금 전 샤워하기 전에 쟀을 때는 105㎏이었습니다."

"생각보단 덜 나가네."

"정말요?"

"크흠, 어쨌든 일단 100㎏ 밑으로 몸무게를 낮춰 보자."

"100kg 밑으로요?"

"왜? 너무 많이 빼는 거 같아?"

"아니요. 전 더 빼라고 하실 줄 알았는데요."

"너무 무리해서 살을 빼면 힘들어서 훈련을 소화하기 어려워. 그러니까 차근차근 빼자. 알았지?"

송인수 코치는 한정훈이 충분히 소화할 만한 훈련 프로그램을 짜주었다. 퓨처스리그에서나마 프로 선수로 활약해 온 한정훈에게는 너무나 수월해 보일 정도였다.

그러나 둔해질 대로 둔해진 몸뚱이는 집까지 계단으로 올라가라는 기본적인 주문조차 제대로 따라와 주지 못했다.

"으으으……."

후들거리는 다리를 붙들며 한정훈은 겨우 집으로 돌아왔다.

"아들! 왜 그래? 무슨 일 있어?"

"정훈아! 괜찮은 거지?"

"야! 한정훈! 어디 아파?"

"오빠! 정신 차려 봐!"

사색이 되어 들어온 한정훈을 보며 가족들이 전부 호들갑을 떨어 댔다. 어찌나 소란스럽던지 모처럼 가족들의 얼굴을 볼 수 있을 거라 기대했던 한정훈의 얼굴이 와락 일그러졌다.

"큰 누나, 나 괜찮으니까 물 좀 줘."

"어, 그래. 잠깐만."

"작은 누나는 이것 좀 내 방에."

"그래, 알았어."

"세희, 너는 신발 좀 벗겨 줘."

"윽. 왜 냄새나는 건 나한테 시키는데?"

"그럼 놔둬. 엄마가 할게."

"엄마는 마저 식사 준비하셔야죠."

"아 참. 그렇지."

한정훈의 주문에 가족들이 일사분란하게 움직였다. 덕분에 한정훈도 소음공해에서 벗어나 한숨 돌릴 수 있게 됐다.

'그래. 이땐 이게 힘들었지…….'

숨을 꾹 참은 채 신발 끈을 풀어주는 막내 여동생 한세희를 보며 한정훈이 피식 웃었다. 냄새난다면서도 뚱뚱한 오빠를 도우려는 모습이 오늘따라 참 예쁘게만 보였다.

"후우, 다 풀었다."

"어, 그래. 고맙다."

"오빠, 내가 오빠 생각해서 하는 말인데 진지하게 살 좀 빼 볼 생각 없어?"

한세희가 한정훈의 오른팔을 잡아당기며 말했다.

"그렇지 않아도 뺄 거야."

한정훈이 어렵사리 몸을 일으켰다. 그러자 방에서 나온 작은 누나 한세연이 한정훈을 부축했다.

"정훈아, 너 괜찮아? 좀 쉬어야 하는 거 아냐?"

"괜찮아. 오늘 계단으로 올라왔더니 잠깐 숨이 차서 그런 거야."

"뭐? 계단으로? 너 미쳤어? 우리 집이 몇 층인 줄 몰라?"

"몇 층이긴. 11층이잖아."

"너 그러다 죽어. 앞으로 그러지 마. 알았어?"

"……."

한정훈은 순간 어이없다는 표정을 지었다. 110층도 아니고 11층까지 걸어 올라오는 걸로 난리를 치는 건 과잉보호였다.

그러나 한세연은 스스로 한정훈을 조금 특별하게 아끼는 것뿐이라고 여겼다.

"에휴, 이 땀 좀 봐. 샤워부터 할래? 누나가 도와줄까?"

"됐거든요."

"너 그러다 욕실에서 또 쓰러지면 어쩌려고 그래? 누나가 도와줄게. 응?"

"들어오기만 해봐."

한정훈이 단단히 으름장을 놓고 욕실로 들어갔다. 다리가 뭉친 것인지 바지를 벗기가 힘이 들었지만 그렇다고 다 큰 누나에게 신세를 지고 싶진 않았다.

"후우, 다 벗었다."

알몸으로 거울 앞에 서자 생각보다 더 흉측한 몸뚱이가 드러났다. 축 처진 가슴. 출렁거리는 배. 꾸준히 야구를 했으니 제법 남성다운 모습이 보여야 할 텐데 이건 누가 봐도 고도비만이었다.

"야, 한정훈. 너 이러고 어떻게 살았냐?"

한정훈이 고개를 절레절레 흔들었다. 과거로 돌아오기 전만 해도 김운태 감독에게 혹사를 당했다고 여겼는데 이제 와 생각해 보니 생명의 은인 같은 느낌도 들었다.

만약 그때 이 살들을 빼지 못했다면…… 그다음은 생각하고 싶지도 않았다.

미지근한 물로 샤워를 마치고 몸을 꼼꼼하게 말린 뒤 한정훈은 거실로 나왔다. 거실 한가운데는 상다리가 부러질 만큼의 진수성찬이 차려져 있었다.

"이게 다 뭐야?"

한정훈이 놀란 얼굴로 물었다. 그러자 한세희가 젓가락을 쪽쪽 빨며 말했다.

"뭐긴 뭐야. 밥상이지. 왜? 오늘 반찬은 별로야?"

"그게 아니라…… 뭘 이렇게 많이……."

"오빠도 참. 새삼스럽게 왜 그래? 얼른 앉아."

한세희가 한정훈을 제 옆자리에 끌어다 앉혔다. 그러고는 두툼한 양념 갈비 하나를 한정훈의 밥 위에 올려놓은 뒤 씩 웃었다.

"이제 됐지? 그럼 먹는다~"

한세희가 젓가락으로 큼지막한 고기 한 점을 집어 들었다.

그 순간.

"쓰읍, 한세희, 그건 오빠 줘야지."

큰 누나 한세아의 젓가락 태클이 들어왔다.

"아, 왜에! 오빠 여기 줬잖아."

"그래도 정훈이는 힘들게 운동하고 왔잖아. 이건 세희가 양보해도 되지 않을까?"

"쳇, 언니 미워."

한세희가 투덜거리며 고기를 내려놓았다. 그러자 한세아가씩 웃으며 그 고기를 다시 한정훈의 밥그릇 위에 올려놓았다.

"우리 정훈이, 많이 먹어."

"이렇게 안 해줘도 돼."

"우리 정훈이 다 큰 거 누나도 알아. 그냥 해주고 싶어서 그래."

한세아는 다시 젓가락을 움직여 큼지막한 고기 한 점을 집어 들었다. 그러자 옆에 앉은 한세연도 뼈를 깨끗이 발라낸 갈치 한 토막을 한정훈에게 내밀었다.

"우리 정훈이는 좋겠네. 이렇게 챙겨주는 예쁜 누나가 둘이나 있고."

어머니는 흐뭇한 표정이었다. 생활전선에 뛰어들어 바쁜 자신을 대신해 딸들이 동생을 살뜰하게 챙기고 있으니 보기만 해도 배가 부른 모양이었다.

하지만 한정훈은 예전이나 지금이나 누나들의 과잉 배려가 달갑지 않았다.

중학교 1학년 겨울 방학 무렵 아버지가 교통사고로 돌아가신 이후 어머니는 보험 설계사 일을 시작했다. 아버지가 남긴 유산이 적지 않았지만 어머니는 남편 보험금으로 호의호식할 수 없다며 고생을 자처하셨다.

한세아와 한세연은 어머니를 대신해 집안 살림을 도맡았다. 그러다 한정훈이 아버지를 그리워한다는 사실을 알고는 그 빈자리까지 채워주려 노력했다.

돌아가신 아버지는 매일같이 학교에 찾아와 한정훈이 야구하는 모습을 지켜보았다. 훈련이 끝나면 맛있는 것도 사주며 격려와 조언을 해주었다.

야구에 대해 잘 모르는 한세아와 한세연은 아버지처럼 한정훈을 돌볼 수가 없었다. 그래서 자신들만의 방법으로 한정훈을 독려했다. 한정훈이 오직 야구에만 집중할 수 있는 환경을 만든 것이다.

처음에는 한정훈도 한세아와 한세연의 배려가 고마웠다. 어린 한세희까지 자신의 눈치를 보니 마치 뭐라도 된 것 같은 기분마저 들었다.

하지만 그 배려가 차고 넘치다 못해 주체할 수 없을 정도로

커져 버린 지금은 모든 게 부담스럽기만 했다.

'과거로 돌아왔다고 좋아했는데…… . 이것까진 생각 못 했네.'

자신의 앞으로 몰려드는 음식을 바라보며 한정훈은 속으로 한숨을 내쉬었다. 그러고는 이내 독하게 마음을 먹었다.

"자꾸 이러면 나 체해. 내가 알아서 먹을 테니까 나 신경 쓰지 말고 누나들도 얼른 먹어."

한정훈은 일부러 퉁명스럽게 굴었다. 무안해진 한세아와 한세연이 분위기를 풀어보려 애를 썼지만 한정훈은 밥 한 공기를 깔끔하게 비울 때까지 말 한마디 하지 않았다.

"오빠, 물 좀 마셔. 진짜 체하겠다."

"고마워."

한세희가 따라준 물을 단숨에 들이켠 뒤 한정훈은 곧장 자신의 방으로 들어갔다. 그런 한정훈을 보며 한세아와 한세연이 걱정스러운 표정을 지었다.

"정훈이가 갑자기 왜 저러지? 어디 아픈 거 아냐?"

"그러게, 혹시 학교에서 무슨 일 있었나?"

"감독님한테 전화해 볼까?"

"지금 시간이 몇 시인데. 그리고 정훈이네 감독님 새로 바뀌었다고 하지 않았어?"

"그럼 일단 치킨 한 마리 시키자. 밥을 한 공기밖에 안 먹었으니까 분명 배가 고플 거야."

"그래. 치킨으로 살살 달래서 무슨 일인지 알아봐야겠어."

한세연이 식사를 멈추고 핸드폰으로 치킨을 주문했다. 한세희가 기왕 시키는 거 두 마리 시키라고 노래를 불렀지만 40분 후 도착한 건 치킨 한 마리가 전부였다.

"사람이 넷인데 한 마리를 누구 코에 붙여!"

"넌 다이어트 한다면서 무슨 치킨 타령이야?"

"오빠도 아까 다이어트 한다고 그랬거든?"

"애는? 정훈이가 뺄 살이 어디 있어?"

"언니 시력 안 좋아? 정말 몰라서 물어?"

"정훈이는 야구하잖아. 나중에 프로 가서 성공하려면 지금부터 잘 먹어야 한다고."

"여기서 더 잘 먹으면 큰일 나. 제발 오빠한테 그만 좀 먹여!"

딸각.

문 밖이 쓸데없이 소란스러워지자 한정훈은 냉큼 문을 잠갔다. 뒤늦게 한세아와 한세연이 문을 두드렸지만 못 들은 척했다. 치킨의 유혹에서 스스로를 지키는 건 이 방법밖에 없었다.

"한 공기를 싹싹 비웠는데도 배가 고프다니. 진짜 너 왜 그러냐."

한정훈이 축 늘어진 배를 내려다보며 한숨을 내쉬었다.

고작 11층 높이를 걸어 올라오는 것만으로도 생명에 위협을 느끼는 몸뚱이였다. 여기서 더 쪘다간 정말로 위험해질 것 같았다.

"치킨은 잊자. 지금은 사람이 되는 게 먼저야."

한정훈은 가방에서 송인수 코치가 짜준 스케줄 표를 꺼냈다. 매일 3㎞ 이상 걷기, 매일 10층까지 계단으로 올라가기, 아침저녁으로 스트레칭하기, 과식하지 않기, 식사 후 가볍게 산책하기 등등 정상 체중의 고교 야구 선수라면 코웃음을 칠 정도의 가벼운 프로그램으로 채워져 있었다.

"이런 식으로는 올해 안에 10㎏도 못 빼겠어."

물론 송인수 코치는 처음부터 무리할 필요 없다고 말했다. 몸이 적응할 시간이 필요한 만큼 두 달 정도는 몸이 조금 가벼워지는 데 초점을 맞추자고 제안했다.

그러나 한정훈은 가능하면 빨리 비대한 몸에서 탈출하고 싶었다. 과거처럼 두 달 만에 20㎏를 감량하는 건 욕심이겠지만 인간적으로 10㎏ 정도는 빼야 할 것 같았다.

"먹는 것만 조절해도 5㎏은 금방이야. 나머지 5㎏은 훈련으로 빼자."

한정훈은 방망이를 챙겨 들고 집을 나섰다. 식탁에서 풍기는 치킨 냄새에 잠깐 마음이 흔들렸지만 아랫입술을 질근 깨물고 집 근처 스크린 야구장으로 향했다.

"정훈이 왔구나?"

사장 사내가 웃는 얼굴로 한정훈을 맞았다.

"자리 있어요?"

"네 자리는 없어도 만들어야지. 그건 그렇고 서린은 어때? 경쟁이 엄청 치열하다고 하던데."

"오늘 테스트 받았는데 합격했어요."

"역시 우리 집 단골손님답다. 기분이다! 오늘은 한 시간 그냥 쳐라!"

사장 사내가 흔쾌히 말했다. 한정훈도 사장 사내의 호의를 굳이 마다하지 않았다.

"그럼 두 시간 같은 한 시간 넣어주세요."

"어차피 손님 없는 시간이니까 맘껏 치다 가라."

"정말 그래도 괜찮아요?"

"대신 나중에 너 프로 가면 알지? 우리 가게에서 프로의 꿈을 이루었다고 꼭 인터뷰해 줘야 한다."

"그건 걱정 마세요."

한정훈은 과거 즐겨 치던 3번 방으로 들어갔다. 그리고 옛 기억을 떠올리며 설정을 바꿨다.

얼마 전까지 한정훈은 135km/h의 구속에 맞춰 방망이를 휘둘렀다. 그보다 더 빠른 공도 얼마든지 칠 수 있었지만 단 하나의 공도 놓치고 싶지 않아서 일부러 구속을 낮췄다.

하지만 과거로 돌아온 지금은 상황이 달랐다. 프로에서 150

km/h가 넘는 공들도 때려냈는데 이제와 다시 135km/h짜리 공을 칠 수는 없는 노릇이었다.

"살 뺄 때까지는 일단 빠른 공 위주로 치자. 구속은 140km/h 정도가 좋겠지."

현실과 자존심 간의 타협을 마친 뒤 한정훈은 방망이 끝으로 발판을 눌렀다. 그러자 스크린화면 속 투수가 새하얀 공을 내던졌다.

파앗!

스크린을 뚫고 나온 듯한 공이 순식간에 홈플레이트 한복판을 지나 그물망 속으로 빨려 들어갔다.

"빠르네."

한정훈이 혀를 내둘렀다. 최성민이 작심하고 던지던 공만큼은 아니지만 스크린과 타석 간의 거리가 짧아서인지 뭔가 휙 지나가 버린 느낌이었다.

"허이고. 140km? 정훈아. 너무 빠른 거 아니냐?"

아르바이트생에게 카운터를 맡기고 구경 온 사장 사내도 한마디 했다. 한정훈이 고교 최강이라 불리는 서린 고등학교에 들어갔다곤 하지만 아식까선 중학교 레벨에 머무르고 있었다. 테스트에 합격해서 신이 난 건 알겠지만 괜히 무리했다가 탈이라도 날까 봐 걱정스러웠다.

"눈에 익으면 괜찮아요."

한정훈이 피식 웃었다. 프로 시절에 160㎞/h에 가까운 공들도 겪어봤으니 140㎞/h짜리 공이 빠르다고 할 수는 없는 노릇이었다.

잠시 숨을 고르며 한정훈은 순식간에 사라져 버린 공을 머릿속에 떠올렸다.

눈대중으로 봤을 때 홈플레이트에서 스크린까지 거리는 대략 9미터. 실제 투구 거리의 절반 정도였다.

타자들은 보통 투수가 던진 공이 절반 정도 날아왔을 때 타격 여부를 결정한다. 공의 높이와 구종, 궤적 등을 분석할 최소한의 시간적 여유가 필요했기 때문이다.

'못 칠 공은 아냐. 다만 준비를 보다 간결하게 해야겠어.'

한정훈은 스윙 궤적을 줄이기 위해 왼팔을 옆구리에 단단히 붙였다. 그리고 오른발을 가볍게 들며 타이밍을 맞췄다.

따악!

2구째 날아든 공은 방망이 윗부분을 스치고 지났다.

따악!

3구 역시 방망이 윗부분에 맞았지만 2구째보다는 제법 요란스러운 소리가 났다.

"허, 대단하네. 대단해."

사장 사내가 혀를 내둘렀다. 한정훈이 여간내기가 아니라는 것쯤은 알고 있었지만 저렇게 빨리 140㎞/h란 구속에 적응할 줄은 예상하지 못한 것이다.

"이거 기계 고장 난 거 아냐?"

사장 사내가 다시 설정을 살폈다.

난이도는 세미프로(최고 구속 140㎞/h).

구종은 패스트볼.

게임이 아니라 타격 연습이 목적이니 코스 설정은 스트라이크 100퍼센트였다.

하지만 그렇다고 해서 똑같은 코스에 공이 들어오는 건 아니었다. 스트라이크존을 무려 9분할(3×3).로 설정해 놓았으니 매 순간 순간 코스에 맞는 타격을 준비해야 했다.

"이걸 저렇게 쉽게 때려낸다고?"

사장 사내의 시선이 한정훈에게 향했다.

그 순간.

따악!

한정훈이 때려낸 타구가 스크린을 향해 쭉 뻗어 나갔다.

"정훈아, 살살 쳐 인마. 스크린 찢어지겠다."

사장 사내가 놀란 얼굴로 소리쳤다.

"살살 친 건데요."

한정훈이 피식 웃고는 방망이 끝으로 페달을 눌렀다.

드륵, 드르르륵.

기계 돌아가는 소리와 함께 스크린 너머 가상의 투수가 투구를 준비했다.

'온다!'

한정훈은 곧바로 오른 다리를 들어 올렸다. 그리고 투수가 공을 던지기가 무섭게 한 박자 빠르게 발을 내디뎠다.

파앙!

스크린에 뚫린 구멍 너머로 새하얀 공이 날아들었다.

코스는 몸 쪽 높은 곳.

한정훈은 오른팔을 굽히며 방망이를 몸 쪽으로 바짝 끌어 당겼다. 뒤이어 왼팔을 90도 각도로 꺾은 채로 방망이 중심부에 공을 정확하게 맞춰냈다.

따악!

방망이 안쪽에 맞은 타구가 천장을 때리고 뒤쪽으로 빠져나갔다. 타이밍은 나쁘지 않았지만 머릿속에 들어 있는 타격 이론을 몸이 따라주지 못하고 있었다.

하지만 한정훈은 낙담하지 않았다.

"아직 시간은 많아."

한정훈은 그렇게 밤늦게까지 타격 훈련을 했다. 본래 두 시간만 할 생각이었지만.

"기분이다. 한 시간 더 쳐!"

사장 사내의 과한 배려 덕분에 손목이 뻐근해질 때까지 방망이를 휘둘렀다. 그것으로도 모자라 한정훈은 다시 계단을 통해 집까지 걸어 올라갔다. 덕분에 숨이 턱 밑까지 차올라 현관 앞에서 쓰러질 뻔했지만 이 정도로는 죽지 않는다며 이를 악물었다.

2

다음 날 아침.

"으으. 죽겠다."

한정훈은 녹초가 된 몸을 끌고 학교로 향했다.

"왜 이렇게 기운이 없냐. 아침밥 안 먹고 왔어?"

"먹고 왔어요."

"설마 살 뺀다고 억지로 식사량 줄이고 그러는 거 아니지?"

"아니요. 한 공기 다 먹고 왔어요."

"그래. 잘했다. 체중 감량한다고 처음부터 무리하면 큰일 난다. 알았지?"

송인수 코치는 한정훈에게 무리하지 말라고 신신당부를 했다. 살을 빼겠다는 욕심에 무리했다가 탈이라도 날 경우 의지마저 꺾일 수 있다고 경고했다.

하지만 한정훈은 송인수 코치가 생각하는 것처럼 나약하지 않았다. 게다가 한때 김운태 감독의 혹독한 훈련을 통해 20kg을 단기 감량한 경험도 가지고 있었다.

"그나저나 오늘 수비 테스트 받을 수 있겠니?"

"받아야죠. 다 받는 거잖아요."

"하아. 넌 오늘 힘들 거 같으니까 컨디션 조절부터 해라. 그러다 괜히 쓰러져서 감독님 눈 밖에 나지 말고."

송인수 코치는 김운태 감독에게 한정훈의 사정을 전했다. 예전 같으면 예외는 없다고 선을 그었을 김운태 감독도 대수롭지 않게 고개를 주억거렸다.

체중 감량 첫날부터 적극적인 모습을 보이고 있으니 굳이 평고를 때려 근성을 테스트할 필요는 없다고 판단한 것이다.

덕분에 한정훈은 서린 고등학교 선수 중 유일하게 수비 테스트를 면제받는 행운을 누렸다.

당연하게도 다른 선수들의 시선은 곱지 않았다. 특히나 불합격 판정을 받은 이들은 대놓고 불만을 터뜨렸다.

"와, 정훈이 저 새끼 뭐냐?"

"그러게. 저 자식 집이 잘 사나?"

"야, 말이 되는 소릴 해라. 김운태 감독님이 그런 걸로 선수 봐주는 줄 아냐?"

"맞아. 우리 사촌 형이 한성대 선수인데 김운태 감독님은 실력밖에 안 본다고 그랬어."

"그럼 더 웃기잖아. 솔직히 우리가 1학년보다 못할 게 뭔데? 정훈이 저 자식도 운 좋게 안타 하나 때린 게 전부잖아.

안 그래?"

"후우……. 더 말하면 비참해지니까 그만 하자."

"젠장할, 진짜 더럽고 치사해서 전학을 가든가 해야지."

"지금 전학 가서 어쩌려고? 올해 통째로 날릴 생각이야?"

"그래도 여기보단 낫겠지."

"야, 주전되기 힘든 건 어딜 가든 똑같아. 그리고 전학 간다고 곧바로 주전된다는 보장이 어딨냐?"

"그만한 데 찾아서 가면 되잖아."

"그럼 전국 대회는? 전국 대회 성적 포기하고 주전 선수 자리에 만족할 거야?"

"빌어먹을."

"그러니까 쓸데없는 생각 마. 그런 생각할 시간에 공이나 하나 더 때려라."

선수들의 웅성거림이 한정훈의 귀에도 들려왔다.

"나도 한때 저랬었는데."

한정훈이 나직이 한숨을 내쉬었다. 자신을 두고 떠들어대는 뒷말이 달갑진 않았지만 미래를 두고 걱정하는 심정들은 충분히 이해가 갔다.

그때였다.

"뭘 그렇게 한숨이야? 왜? 누가 뭐라고 그래?"

최주찬이 흙투성이가 된 채로 더그아웃으로 들어왔다.

"테스트 벌써 끝났어요?"

"그럼. 선수가 몇 명인데."

"결과는요? 합격이에요?"

한정훈의 시선이 최주찬에게 향했다. 그러자 최주찬이 쓴 웃음을 지었다.

"일단 보류."

"보류요?"

"그래. 열 개 중에 두 개 놓쳤는데…… 아마 그것 때문인 거 같다."

최주찬이 대수롭지 않게 중얼거렸다. 일단 보류라는 김운태 감독의 판단을 조금 가볍게 받아들이는 것 같았다.

하지만 그 안이함 때문에 최주찬은 김운태 감독의 눈 밖에 나버렸다. 그리고 프로에 가서도 한정훈 못지않게 고생하다 조용히 은퇴하고 말았다.

만약 최주찬이 한정훈에게 2루수 자리를 빼앗긴 걸 원망이라도 했다면 한정훈도 최주찬이 어찌되든 신경 쓰지 않았을 것이다.

그러나 최주찬은 선발 경쟁에서 밀린 이후에도 좋은 선배 노릇을 포기하지 않았다.

"정훈아, 힘들지? 형이 좀 도와줄까?"

최주찬은 2루 수비에 익숙하지 않은 한정훈을 틈나는 대로 가르치며 자신의 역할을 대신하게 만들어줬다. 정작 자신은 외야로 내쫓겼지만 단 한 번도 한정훈을 탓하지 않았다.

어려서 동생을 사고로 잃은 최주찬은 한정훈을 친동생처럼 챙겼다. 졸업 후에도 한정훈의 일이라면 발 벗고 나섰다.

은퇴 후 아마추어 지도자 자리를 알아봐 준 것도 최주찬이고 썬더스 코치직에 지원해 보라고 조언한 것도 최주찬이었다. 프로 은퇴 후 진심으로 아쉬워해 준 것도 최주찬이고 각종 경조사에 가장 먼저 달려와 준 것도 최주찬이었다.

심지어 최주찬은 한정훈이 혼자가 될 때마다 주변의 참한 여자들을 소개시켜 주기까지 했다. 비록 취향 차이 때문에 좋은 결과로 이어지진 않았지만 어쨌든 최주찬이 없었다면 한정훈은 더욱더 굴곡진 삶을 살았을 것이다.

'이제는 내가 갚을 차례야.'

잠시 옛 생각에 빠져들었던 한정훈이 몸을 일으켰다. 그리고 저만치 떨어져 앉은 최주찬의 옆으로 다가갔다.

"왜? 형 위로라도 해주게?"

최주찬이 피식 웃었다. 그렇지 않아도 누군가에게 힘내라는 한마디 듣고 싶었는데 한정훈이 다가와 주니 고맙기만 했다.

하지만 한정훈은 고작 위로나 하려고 무거운 몸을 움직인 게 아니었다.

"형, 감독님 펑고 다 받아내고 싶죠?"

"그렇긴 한데…… 그게 말처럼 쉽냐."

"방법이 하나 있긴 한데 들어볼래요?"

"뭐? 방법이 있다고? 그게 뭔데?"

최주찬이 눈을 똥그랗게 떴다. 그러자 한정훈이 부지런히 펑고를 때리는 김운태 감독을 바라보며 말했다.

"김운태 감독님의 오른발의 움직임을 잘 봐요."

"오른발 끝?"

"더 이상은 말해줄 수 없어요. 하지만 형이라면 분명 그 방법을 찾을 거예요."

한정훈은 애써 말을 아꼈다. 이 세상에 공짜는 없었다. 힌트까진 줄 수 있지만 정답은 스스로 부딪쳐가며 해결해야 했다. 그래야만 그 과실을 딸 수 있는 자격을 얻을 수 있었다.

"치사한 놈 같으니."

"형도 만만찮게 치사했거든요?"

"내가? 내가 언제 너한테 치사하게 굴었는데?"

"그런 게 있어요."

"허, 이 자식. 말 돌리는 거 봐라."

"어쨌든 벤치에 앉아서 기운 빼지 말고 빨리 나가요. 다른 선수들 움직이는 것도 보면서 긴장 좀 하라고요."

한정훈이 억지로 최주찬의 등을 떠밀었다. 김운태 감독 지도 아래서 합격자가 아닌 보류자가 벤치에 앉아 쉰다는 건 있을 수 없는 일이었다.

"그렇지 않아도 물만 마시고 나가려고 했다."

최주찬이 입술을 삐죽거리며 운동장으로 나갔다.

하지만 그것도 잠시. 이내 눈을 매섭게 뜨고는 한정훈의 조언대로 김운태 감독의 오른발의 움직임을 유심히 살폈다.

처음 두 세트(한 타자를 상대로 10개의 펑고를 때리는 게 한 세트).까지만 해도 최주찬의 얼굴은 굳어 있었다.

왼손잡이인 김운태 감독이 펑고를 때리기 위해 오른발을 가볍게 내딛는 걸 가지고 뭔가를 알아낸다는 게 쉽지 않아 보였다.

하지만 다섯 세트쯤 지나자 최주찬의 눈빛이 달라졌다.

여덟 세트가 끝나 갈 무렵에는 테스트 대상자라도 되는 것처럼 타이밍에 맞춰 좌우로 몸을 움직이기까지 했다.

"역시, 주찬이 형이라니까."

한정훈이 씩 웃었다. 집중력이 좋아 투수가 내던진 공의 실밥까지 볼 수 있다는 최주찬이라면 어렵지 않게 알아낼 거라 믿었지만 여덟 세트는 솔직히 기대 이상이었다.

김운태 감독도 펑고를 때리다 말고 최주찬을 바라봤다.

"송 코치."

"네, 감독님."

"저기 저 녀석. 최주찬이지?"

"네. 맞습니다."

"자네 저 녀석에게 뭐라고 했나?"

"제가요? 저는 계속 감독님 옆에서 공을 챙겨 드렸는데요."

"그렇지? 그런데 저 녀석이…… 어떻게 코스를 읽는 거지?"

"주찬이가요?"

송인수 수석 코치가 놀란 눈으로 최주찬을 바라봤다. 1루 파울라인 왼쪽에서 최주찬은 펑고를 기다리듯 잔뜩 몸을 낮추고 있었다.

"이번에 한번 잘 보라고. 저 녀석이 뭘 알고 저러는 건지 말이야."

"아, 네."

송인수 코치는 선글라스 너머 시선을 최주찬에게 고정했다. 그런 줄도 모르고 김운태 감독이 공을 들자 최주찬이 눈을 빛냈다.

타앙!

김운태 감독이 힘껏 때려낸 공이 3루 베이스 쪽으로 빠졌다.

하지만 테스트를 받는 1학년 홍세찬은 제때 반응하지 못했다. 공이 지면을 때린 다음에 발을 움직인 탓에 두 눈 뜨고 타구를 놓치고 말았다.

"다시!"

김운태 감독은 망설이지 않고 두 번째 펑고를 때렸다.

타앙!

지면에 낮게 깔려 날아간 타구는 홍세찬의 왼쪽으로 향했다. 이번에도 홍세찬의 반응은 늦었다. 하지만 타구가 멀리 벗어나지 않은 탓에 겨우 포구를 해낼 수 있었다.

"다시!"

김운태 감독은 또다시 방망이를 내돌렸다.

타앙!

세 번째 타구는 첫 번째 타구처럼 날카롭게 3루 베이스 옆쪽을 빠져나갔다. 초반에 타구를 판단하지 못한다면 결코 잡아내지 못할 빠르기였다.

당연하게도 홍세찬은 발조차 움직이지 못하고 멍하니 타구를 바라봤다. 그러다 김운태 감독이 '다시!'라고 소리치자 냉큼 정신을 차리고 몸을 낮췄다.

타앙!

네 번째 타구는 두 번째 타구처럼 충분히 잡을 수 있는 위치로 날아들었다.

어려운 공 하나. 쉬운 공 하나.

네 번째 타구를 처리해 낸 홍세찬이 이를 악물었다. 순서상 이번에는 어려운 타구가 날아들 차례였다.

계산대로 다섯 번째 타구는 2루 베이스 쪽에 바짝 붙어 빠져나갔다. 여섯 번째 타구는 유격수라면 누구나 잡을 수 있는 위치로 굴러왔다.

일곱 번째 타구는 또다시 3루 베이스 라인을 타고 흘렀다. 홍세찬이 제법 기민하게 반응했지만 소용없었다. 슬라이딩을 하기도 전에 타구는 외야 쪽으로 빠져나가 버렸다.

"다시!"

홍세찬이 자리에서 일어나 옷을 털자 김운태 감독이 미간을 찌푸리며 여덟 번째 펑고를 때렸다.

홍세찬은 당연히 쉬운 타구가 올 거라 여겼다.

하지만 김운태 감독의 방망이에 걸린 공은 2루 베이스 근처로 빠르게 튕겨나갔다.

아홉 번째 타구와 열 번째 타구도 까다롭긴 마찬가지였다. 반쯤 넋이 나간 홍세찬을 놀리듯 유격수가 수비할 수 있는 범위의 끝과 끝으로 날아들었다. 그때마다 홍세찬은 부지런히 몸을 날렸다. 하지만 그런다고 해서 빠져나가는 공이 글러브 속으로 들어와 주진 않았다.

"몇 개야?"

김운태 감독이 송인수 코치를 바라봤다.

"세 개입니다."

송인수 코치가 수첩을 들며 대답했다.

하지만 김운태 감독은 자신이 직접 테스트한 홍세찬의 결과를 물은 게 아니었다.

"홍세찬 말고. 최주찬이."

"아, 주찬이요?"

"그래. 몇 번이나 맞았어?"

"방향 판단만 놓고 보자면 전부 다 맞췄습니다."

"확실해?"

"네. 그것도 타구 소리만 듣고 움직였으니 찍어 맞춘 건 아닌 것 같습니다."

"그렇단 말이지?"

김운태 감독이 고개를 주억거렸다. 그러고는 조인식 코치를 불렀다.

"지금 남은 인원이 몇 명이지?"

"3학년과 2학년은 다 끝났고 1학년만 4명 정도 남았습니다."

"3학년들 다시 테스트할 테니까 준비시켜."

"그럼 남은 1학년들은……?"

"그건 조 코치가 알아서 해."

"아, 넵. 알겠습니다."

조인식 코치는 즉시 3학년들을 불러 줄을 세웠다. 2학년들에게도 언제 김운태 감독이 부를지 모르니 준비하라고 일러두었다.

투수와 포수를 제외한 테스트 인원은 총 7명. 그중 합격 판정을 받은 건 주장인 강승혁과 어마어마한 수비 범위를 자랑하는 유격수 나승진, 단 두 명뿐이었다.

그렇다고 해서 강승혁과 나승진이 김운태 감독의 까다로운 평고를 전부 받아낸 건 아니었다.

나승진은 하나를 놓치고 9개의 타구를 처리했다. 그중에 두 개는 포구 과정에서 펌블이 발생했지만 이후의 연결 동작을 깔끔하게 처리해 합격을 이끌어냈다.

강승혁은 두 개를 놓치고 8개의 타구를 잡아냈다. 숫자만 놓고 보면 최주찬과 같았지만 놓친 두 개의 타구가 강습 타구였고 그마저도 외야로 빠져나가지 않도록 몸으로 막아냈다는 점에서 높은 평가를 받았다.

가장 먼저 2차 테스트에 나선 건 3루를 지망하는 김성기.

1차 테스트에서는 무려 4개의 공을 놓치며 체면을 구겨야 했다.

'시원이 자식이 8개나 받아냈는데 질 순 없지.'

김성기는 의욕을 불태우며 3루 베이스 옆에 섰다. 하지만 1차 테스트 때보다 1개 적은 5개의 타구만 겨우 처리한 채 두 번째 불합격 통지를 받고 말았다.

뒤이어 테스트를 받은 최경민은 더한 굴욕을 맛보았다.

3개.

1차 테스트 때 5개를 겨우 처리하고 고개를 들지 못했는데

2차 테스트 때는 1학년들보다 못한 성적표를 받게 된 것이다.

"후우……. 미치겠다."

"감독님 진짜 해도 너무하시네. 펑고를 저렇게 치면 어떻게 받으라는 거야?"

"아까 나 못 봤냐? 중견수 자리에 세워놓고 좌익수 쪽으로 때렸잖아. 그거 쫓아가느라 죽는 줄 알았다."

"이러다 또 다 탈락하는 거 아냐?"

3학년들의 표정이 딱딱하게 굳어졌다.

하지만 최주찬은 자신만만한 얼굴로 2루 베이스 옆쪽으로 걸어 들어갔다.

"또 저 표정이로군."

김운태 감독이 나직이 중얼거렸다. 낙천적인 성격이라는 건 들어 알고 있지만 타구에 집중하지 않고 실실 웃는 건 그냥 넘어가 줄 수가 없었다.

"간다!"

김운태 감독이 짧게 외쳤다. 뒤이어 손에 든 공을 가볍게 던져 올린 뒤 최주찬의 왼쪽 공간을 향해 힘껏 때려냈다.

다앙!

낮게 깔린 타구가 총알처럼 뻗어 나갔다. 그와 동시에 최주찬이 사선으로 내달리더니 몸을 날려 타구를 건져냈다.

"재미있군."

김운태 감독이 피식 웃었다. 솔직히 첫 번째 펑고는 최주찬을 정신 차리게 만들려는 의도로 때려낸 것이었다. 더 솔직히 말하자면 고등학교 레벨의 선수가 받을 수 있는 게 아니었다.

그저 이를 악물고 달려들기만 해도 잘했다고 칭찬을 해줄 생각이었다.

그런데 그 타구를 최주찬이 잡아냈다. 게다가 이후의 플레이도 좋았다. 재빨리 몸을 일으켜 1루 베이스를 지키고 있던 강승혁에게 정확하게 송구했다. 빠른 타구 판단 덕분에 1루에 여유롭게 송구할 수 있는 시간을 번 것이다.

"주찬이 저 녀석, 대단한데요?"

뒤에 서 있던 송인수 코치도 한마디 거들었다. 김운태 감독 앞에서는 대놓고 선수들을 칭찬하지 않으려 노력했지만 조금 전 최주찬의 플레이는 극찬하지 않을 수가 없었다.

1루 베이스 근처에 있는 1루수가 반사적으로 움직여야 제대로 처리할 수 있는 낮고 빠른 타구를 2루수가 사선으로 내달려 잡아낼 수 있는 가능성은 극히 희박했다.

일단 타격과 동시에 타구의 빠르기와 방향을 읽어야 하고 공에서 눈을 떼지 않은 채 최적의 포구점으로 글러브를 가져다 놓아야 했다.

그 모든 게 맞아 떨어져 타구가 외야로 흘러나가지 못하게 막았다면 그것만으로도 합격이었다. 루상에 주자가 없는 상황이라면 몰라도 발 빠른 주자가 2루에 있거나 걸음이 느린 주자가 3루에 있었다면 타구를 내야에 묶어두는 것만으로도 한 점을 막아낼 수 있었다.

하지만 최주찬의 플레이는 포구에서 끝나지 않았다. 마치 국가대표 2루수처럼 재빨리 몸을 일으킨 뒤 1루를 향해 침착하게 공을 던졌다. 이 정도 플레이를 꾸준히 해줄 수만 있다면 더 이상 김운태 감독의 펑고를 받지 않아도 될 것 같았다.

김운태 감독도 최주찬의 진짜 실력을 확인해 보기 위해 두 번째 펑고를 날카롭게 때려냈다.

타앙!

센터 방면으로 향한 타구가 마운드 위를 스치더니 2루 베이스 왼쪽으로 굴절되어 굴러갔다.

"이런!"

김운태 감독이 자책하듯 중얼거렸다. 욕심이 앞선 나머지 지나치게 어깨에 힘이 들어가 버렸다.

이건 정상적인 2루 수비 위치에 있던 최주찬이 도저히 잡을 수 없는 공이었다. 최주찬의 발이 1번 타자를 시켜도 될 만큼 빠르다 해도 이 타구를 건져내기란 불가능에 가까워 보였다.

하지만 최주찬은 이를 악물고 사선으로 내달렸다. 그리고 빠져나가려는 타구를 글러브 끝으로 건져낸 뒤 스텝을 멈추며 송구 자세를 취했다.

물론 1루 쪽으로 공을 던지지는 못했다. 타구도 깊었고 자세도 무너져 있었다. 무리해서 공을 던져봐야 악송구가 될 가능성이 높았다.

하지만 그렇다고 해서 공을 잡아내는 것으로 수비를 끝내지 않았다. 루상에 주자가 있다고 감안한다면 야수는 언제든 송구할 수 있는 준비가 되어 있어야 했다.

"하하……."

김운태 감독이 헛웃음을 흘렸다. 타격은 쓸 만하지만 센터라인을 맡기기에는 안정감이 떨어진다고 여겼는데 수비하는 모습을 보니 아무래도 선입견에 사로잡혀 있었던 것 같았다.

"더 하시겠습니까?"

송인수 코치가 공을 건네주며 물었다.

"자네 생각은 어때?"

"저라면…… 유격수를 한번 시켜보고 싶습니다. 중학교 때까지 유격수 포지션을 봤고 어깨도 좋은 편이니까요."

"나하고 생각이 같군 그래."

김운태 감독이 방망이를 내려놓았다. 그리고 수첩을 꺼내 들고는 최주찬의 이름 옆에 합이라는 한자를 적어 넣었다.

"주찬아, 수고했다."

송인수 코치가 김운태 감독을 대신해 합격 사실을 전했다.

"크아아!"

최주찬이 함성을 내지르고는 한정훈을 향해 달려갔다.

"혀, 형! 왜 그래요! 오지 마요!"

"정훈아! 형 합격했다!"

"알았으니까 오지 말라고요!"

"이리 와, 이 예쁜 자식. 형이 뽀뽀해 줄게."

"아 쫌! 싫다니까요!"

최주찬은 모두가 보는 앞에서 한정훈을 끌어안고 볼 뽀뽀를 해댔다. 한정훈이 질색을 하며 발버둥을 쳤지만 최주찬은 흥분이 가라앉을 때까지 한정훈을 놓아주지 않았다.

4장
변화

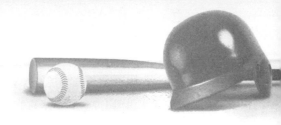

1

딸깍.

욕실 문이 열렸다. 뒤이어 요란한 음악 소리가 집 안에 울려 퍼졌다.

[보여줄게 완전히 달라진 나~ 보여줄게 훨씬 더 멋져진 나~]

한정훈이 노래를 따라 흥얼거리며 밖으로 나왔다.

그러자 한세희가 질렸다는 표정을 지었다.

"오빠, 부탁인데 이 노래 좀 그만 들으면 안 돼?"

"왜? 이 노래가 어때서?"

"이게 언제 적 노래인 줄 알아? 한 10년은 됐을걸?"

"야, 뻥치지 마. 이거 2012년도에 나온 거거든?"

"헐, 오빠가 그걸 어떻게 알아? 혹시 아일리 같은 스타일 좋아해?"

"그건 또 무슨 소리야?"

"오빠 아일리 좋아해서 이 노래 듣는 거 아니었어?"

"그런 거 아니거든?"

"그런데 왜 자꾸 이 노래만 듣는 거야?"

"그야……. 노래가 좋으니까."

한정훈이 피식 웃었다. 그러면서 슬그머니 턱을 들어 올렸다.

지난 2개월 동안 부지런히 체중 감량을 한 덕분에 통통하던 얼굴에 턱선이라는 게 희미하게 자리 잡기 시작했다.

하지만 애석하게도 한세희는 그 사실을 전혀 모르는 눈치였다.

"갑자기 왜 그래? 목 아파?"

"……뭐?"

"많이 아파? 엄마한테 약 사 오라고 할까?"

"됐어. 그냥 목 한번 풀어본 거야."

한정훈은 툴툴거리며 방으로 들어갔다. 그러고는 구석에 세워 둔 체중계를 꺼내 바닥에 내려놓았다.

"후우……. 어디 오늘의 몸무게를 재보실까?"

길게 숨을 고른 뒤 한정훈이 체중계 위에 조심스럽게 몸을 실었다.

처음 과거로 되돌아와서 측정한 몸무게는 그야말로 충격적이었다.

105.3kg

키라도 크면 체격 때문이라며 위안이라도 삼겠지만 174㎝에 105kg은 변명의 여지가 없었다.

BMI 지수는 무려 34.78.

BMI 지수 30부터 중등 비만이라 분류하는데 그중에서도 심각한 수준이었다.

하지만 2개월 간 살과의 전쟁을 치르면서 세 자리 수 몸무게는 두 자리 수까지 내려와 있었다.

"94.7이라. 어제보다 0.1kg 빠졌네."

한정훈이 만족스러운 얼굴로 체중계에서 내려왔다. 최종 목표인 85kg까지는 아직도 갈 길이 멀었지만 두 달 안에 10kg를 뺐으니 못 할 것도 없을 것 같았다.

"90kg 밑으로 내려가면 수비 훈련도 받아야겠어."

3월 말에 있었던 테스트 이후 송인수 수석 코치는 한정훈에게 체중 감량에 전념하라고 지시했다. 무거운 몸으로 김은태 감독의 강도 높은 수비 훈련을 받아봐야 몸만 상한다며 수비 훈련도 제외시켜 주었다. 이제 1학년이니 적당히 살을 빼고 김운태 감독의 평고를 받을 만한 몸 상태가 되었을 때 수비 훈련을 시작해도 늦지 않다고 판단을 내린 것이다.

한정훈도 송인수 코치의 결정에 전적으로 동감했다.

하지만 그렇다고 해서 수비 훈련을 기피할 생각은 없었다. 선배들과 동기들이 그라운드에서 비명을 내지르며 나뒹구는데 혼자 팔자 좋게 벤치에 앉아 있는 것도 솔직히 못할 짓이었다.

그때였다.

띵동. 띵동.

벨 소리가 울렸다. 뒤이어 한세희가 쾅쾅 방문을 두드렸다.

"오빠! 주찬 아저씨 왔어!"

"어, 그래. 알았어."

한정훈은 다급히 옷을 갈아입었다. 두 달 전에 비해 몸을 움직이는 게 수월해지긴 했지만 아직도 이리저리 걸리는 게 많았다.

그렇게 힘겹게 서린 고등학교 야구복으로 갈아입고 방을 나서자 최주찬이 기다렸다는 듯이 한정훈의 머리를 쥐어박았다.

"짜식이, 형을 기다리게 해?"

"형이 일찍 온 거잖아요."

"너 이러고 있을까 봐 일찍 온 거지. 그건 그렇고 지희는 왜 나만 보면 아저씨라 그러냐?"

"그걸 몰라서 물어요?"

"......?"

"하아, 나중에 거울 한번 봐요."

"거울? 나 거울 자주 보는데?"

"거울을 봤는데도 모르겠으면 그건 답이 없는 거고요. 암튼 가요. 늦겠어요."

한정훈이 최주찬의 등을 떠밀며 집을 나섰다. 집에서 학교까지는 걸어서 30분. 지금부터 부지런히 걸어야 늦지 않을 것 같았다.

"그러지 말고 너도 자전거 하나 사지 그래?"

최주찬이 1층에 걸어둔 자전거에 올라타며 말했다. 한정훈이 자전거를 탄다면 집에서 10분 정도는 더 늦게 출발해도 될 것 같았다.

"저도 타고야 싶죠. 근데 아직은 무리예요."

"요즘 자전거 든든하게 살 나온다니까?"

"그래도 당분간은 걸어 다닐래요. 송 코치님도 그러라고 했고요."

한정훈은 굳이 질펀한 엉덩이를 뒤뚱거리는 게 싫다는 말을 하지 않았다. 자신의 전담 코치인 송인수를 들먹이는 것만으로도 최주찬은 금세 고개를 주억거렸다.

"송 코치님 지시라면 어쩔 수 없고. 그건 그렇고 너, 준비는 좀 했냐?"

최주찬이 한정훈의 주변을 빙글 돌았다. 오늘은 자체 청백전이 열리는 날이었다. 2주마다 한 번씩 전 학년이 4개의 그룹으로 나뉘어 테스트를 겸하는 경기를 치러야 했다.

유격수로 포지션을 변경한 이후로 최주찬은 제법 치열한 경쟁을 치르고 있었다. 반면 한정훈은 지명타자 그룹에서 비교적 여유롭게 자리를 지켜 나가고 있었다.

"준비는요. 그냥 평소 하던 대로 했어요."

"뭐야, 그 기분 나쁜 말은. 마치 전교 1등이 국영수 위주로 공부했다는 말처럼 들리는데?"

"그러는 형은요? 집에서 프로 코치 알아봐 준다고 했다면서요?"

"아, 그거? 후우……. 말도 마라. 얼마나 세게 부르는지 엄마가 적금을 깬다고 해서 그냥 취소했다."

최주찬이 땅이 꺼져라 한숨을 내쉬었다. 타격 테스트에 이어 수비 테스트에 합격할 때까지만 해도 주전 자리는 확정이라 여겼는데 하루가 멀다 하고 실력 향상을 요구하는 김운태 감독 때문에 아주 피가 마를 지경이었다.

하지만 한정훈의 눈에는 복에 겨운 소리처럼 들렸다.

"그게 다 감독님이 형 편애하는 거라고요."

"편애 같은 소리 한다. 넌 몰라, 인마. 감독님 잔소리가 얼마나 심한 줄 아냐?"

"그러니까 그냥 감독님께 찾아가서 가르쳐 달라고 하라니까요."

"싫어, 인마. 나 감독님 무섭다니까."

"솔직히 감독님이 훈련량 늘릴까 봐 겁나는 거잖아요."

"어쨌든! 난 승혁이처럼은 못 하겠다. 그건 내 스타일이 아니야."

최주찬이 고개를 절레절레 흔들어댔다. 김운태 감독이 부임한 지 3개월이 지났건만 아직도 특유의 자유분방함을 버리지 못한 모양이었다.

그러나 한정훈은 최주찬이 철없다 탓하지 않았다. 그런 부분은 어차피 시간이 해결해 줄 일이라고 여겼다.

"아무튼 너, 만약에 오늘 다른 편 되면 내 쪽으로 타구 보내지 마. 알았어?"

"그게 말처럼 쉽나요, 어디."

"넌 타구 방향 컨트롤할 수 있잖아!"

"그게 가능하면 진즉 프로 갔죠."

"그러니까 이번에는 제비뽑기 잘하라고. 우리 편으로 와.

알았지?"

"노력은 해볼게요."

"노력만 하지 말고 꼭 우리 편으로 와야 해. 알았어?"

최주찬은 등굣길 내내 신신당부를 했다.

그 노력이 통한 것일까.

"1학년 한정훈. A팀."

한정훈과 최주찬은 한 달 만에 다시 A팀에서 만나게 됐다.

2

김운태 감독이 부임하기 전까지 서린 고등학교 야구부 명단에 이름을 올린 선수는 총 47명이었다.

부임 첫날부터 김운태 감독은 혹독한 훈련을 통해 자질이 부족한 선수들을 퇴출시키겠다고 선언했다. 실제로 1학년 3명과 2학년 2명이 이사를 핑계로 다른 학교로 전학을 가기도 했다.

하지만 황금사자기를 앞둔 서린 고등학교 야구부 정원은 오히려 50명으로 늘어난 상태였다. 빠져나간 5명을 대신해 새로 8명의 1학년이 서린 고등학교로 전학을 온 것이다.

어지간한 고교 야구팀 두 개를 합친 규모다 보니 청백전도 한 번에 치를 수가 없었다.

송인수 수석 코치는 일단 주전 자리를 확보한 25명을 A팀과 B팀으로 나누었다. 그리고 남은 후보 선수들로 C팀과 D팀을 편성했다.

먼저 치러진 C팀과 D팀의 경기는 생각 이상으로 치열했다. 경기에 앞서 김운태 감독이 당근을 꺼내들었기 때문이다.

"이긴 팀에서 2명, 진 팀에서 1명을 뽑아서 주전으로 활약할 기회를 주겠다."

1차 청백전에서 우수한 활약을 펼친 3명은 2차 청백전에서 부진한 3명을 대신해 주전 자리를 차지할 수 있었다. 그렇다 보니 경쟁에서 밀린 2학년들은 물론이고 1학년들까지 전력을 다해 치고 던지고 받고 내달렸다.

C팀에서는 지난 청백전에서 두 개의 실책을 저지르며 주전 자리를 박탈당한 3학년 김성기의 활약이 두드러졌다. 2타점 2루타를 포함해 4타수 3안타 4타점을 기록하며 C팀의 공격을 이끌었다.

하지만 정작 경기는 D팀이 가져갔다. 7회 말, 2사 만루 상황에서 2학년 송인기가 싹쓸이 2루타를 때려내면서 경기를 뒤집어버린 것이다.

그 덕분에 송인기는 절친한 안찬식과 함께 주전행을 통보받았다. C팀에서는 예상대로 김성기가 호명됐다.

"후우……. 진짜 두 번 다시 내려가지 말아야지."

김성기가 홀가분해진 얼굴로 주절거렸다.

반면 선택받지 못한 선수들은 고개를 떨어뜨린 채 눈시울을 붉혀야 했다.

"몇 시지?"

"11시 반입니다."

"곧바로 진행하는 건 어렵겠지?"

"투수들이 잘 던져준다고 해도 2시가 넘어갈 테니까요. 밥을 먹고 오후에 진행하는 편이 좋을 것 같습니다."

"그럼 그렇게 하자고."

후보 선수들이 치열하게 싸워준 덕분에 2차 청백전은 점심 이후로 미뤄졌다.

"잘됐다. 지난번처럼 굶고 경기할까 봐 걱정했는데."

마른 체형과 어울리지 않게 최주찬은 식성이 좋았다. 식판에 밥과 고기를 한가득 퍼 와서는 쉴 새 없이 입 안으로 밀어 넣어댔다. 그런 최주찬의 페이스에 휘말리지 않기 위해 한정훈은 일부러 고개를 돌렸다.

"너도 그냥 팍팍 먹어. 그래서 힘이나 쓰겠냐?"

"됐거든요? 저 다이어트 중이거든요?"

"넌 살 안 빼도 귀엽다니까. 그리고 퉁퉁한 야구 선수들이한 둘이냐? 요즘은 뱃심 야구가 대세야, 인마."

"그렇게 뱃심 야구가 좋으면 형이나 좀 쪄요."

"나도 찌고 싶거든? 그런데 이렇게 먹어도 안 찌는 걸 어떻게 하냐?"

최주찬이 한정훈을 놀리듯 투덜댔다. 실제로 최주찬은 먹어도 살이 안 찌는 체질이었다. 프로에 가서도 중량감이 없다는 꼬리표를 달고 살았다.

반면 한정훈은 아직까지 먹는 대로 살이 찌는 체질이었다. 근육량이 부족해 기초 대사량이 낮다 보니 먹는 걸 조절하지 않으면 금세 몸이 무거워졌다.

"자꾸 약 올릴 거면 저리 가요."

한정훈이 입술을 삐죽거렸다. 다이어트에 대한 의지는 단호했지만 최주찬의 먹방은 듣고만 있어도 식욕을 불러 일으켰다.

그러자 최주찬이 씩 웃으며 말했다.

"그러지 말고 우리 내기나 하자."

"또 무슨 내기요?"

"오늘 안타 적은 사람이 치킨 쏘기 어때?"

"싫어요. 형 또 지난번처럼 기습 번트 댈 거잖아요."

"기습 번트가 어때서? 기습 번트 무시하니? 기습 번트는 안타 아니야?"

"그럼 차라리 출루로 해요."

"야, 그건 너한테 너무 유리하잖아."

"안타 내기는 형한테 유리하거든요?"

"그럼 두 개 더 해."

"출루로 따지자고요?"

"그래, 그럼 불만 없는 거지?"

"좋아요. 만약에 동률이면 OPS 따져요."

"허, OPS까지? 좋아. 대신 1인 1닭이다. 나중에 우는 소리
마라."

"제가 할 소리거든요? 그런데 형, 돈은 있는 거죠?"

"당연하지."

최주찬이 주머니에서 5만 원짜리 지폐 한 장을 꺼냈다.

한정훈도 질세라 똑같이 5만 원을 테이블 위에 올려놓았다.

"어쭈? 따라온다, 이거지?"

"저도 용돈 좀 받거든요?"

"그럼 아예 5만 원 빵 해?"

"무리하지 마요, 형."

"나도 인마, 집에서 용돈 두둑하게 받거든?"

장난스럽게 시작했던 내기 판은 그렇게 커졌다.

'치킨이라면 몰라도 5만 원은 어림없지.'

A팀 선두타자로 나선 최주찬은 방망이를 짧게 잡았다. 그
리고 김성찬의 초구가 몸 쪽을 파고들자 곧바로 기습 번트를
시도했다.

딱!

제대로 숨이 죽은 타구가 3루 파울라인을 따라 굴렀다. 3루
수 안시원이 재빨리 달려들었지만 뒤도 돌아보지 않고 1루로
내달린 최주찬을 잡아내지 못했다.

"크흐흐, 1 대 0이다."

최주찬이 씩 웃으며 말했다. 그러자 1루수 강승혁이 미간을
찌푸렸다.

"뭐야? 홈에 들어갈 자신 있다 이거야?"

"응? 그건 뭔 소리냐?"

"1 대 0이라며?"

"아, 그거? 아무것도 아니야."

최주찬은 신경 쓸 필요 없다고 말했다.

하지만 강승혁은 최주찬이 다른 꿍꿍이를 가지고 있다고
여겼다.

'보나마나 뛸 생각인가 본데 어림없지.'

강승혁이 포수 정승일을 향해 글러브를 까닥거렸다. 그러
자 정승일이 김성찬에게 피치아웃을 주문했다.

사인을 확인한 김성찬이 단단히 고개를 끄덕였다. 그런 줄
도 모르고 최주찬은 평소보다 리드를 넓혔다. 2학년인 김성
찬이 흔들리고 있는 틈을 노려 2루를 훔치기로 마음먹은 것
이다.

"후우……."

길게 숨을 고르던 김성찬이 투구판을 박차고 나갔다. 그와 동시에 최주찬이 2루를 향해 스타트를 끊었다.

"어딜!"

몸을 일으키며 포구한 정승일이 곧바로 2루를 향해 공을 내던졌다.

촤라라랏!

2루 베이스 주변으로 흙먼지가 일었다. 느낌상 최주찬이 더 빨라 보였지만.

"아웃!"

2루심 김호식 코치가 단호하게 주먹을 들어올렸다.

"코치님! 제가 더 빨랐어요!"

"자연 태그야."

"아니에요. 안 닿았다고요!"

"내 두 눈으로 똑똑히 봤으니까 들어가. 어서!"

최주찬이 억울하다며 펄펄 뛰어봤지만 소용없었다. 김운태 감독으로부터 아슬아슬한 도루 상황은 무조건 아웃 처리하라는 지시를 받은 터라 김호식 코치는 눈 하나 까딱하지 않았다.

"아, 진짜 너무하네."

더그아웃으로 돌아온 최주찬이 씩씩거렸다. 뒤이어 타석에 들어선 2번 타자 최재식이 중견수 앞에 떨어지는 안타를 때려내자 아쉬움에 발을 동동 구르기까지 했다.

"명수야! 한 방 날려!"

최주찬은 편파판정으로 놓친 기회를 동료들이 살려주길 바랐다.

하지만 3번 타자 이명수가 때린 타구가 유격수 쪽으로 구르면서 1사 1루의 기회마저 무산되고 말았다.

경기의 주도권을 쥘 기회를 놓친 A팀은 2회 초 공격도 3자범퇴로 끝이 났다. 그사이 B팀은 한 점을 달아났다. 2회 말 선두 타자로 나선 강승혁이 에이스 김진태의 공을 받아쳐 담장 밖으로 넘겨 버린 것이다.

"정훈아, 덤벼들지 말고 공을 침착하게 봐라. 알았지?"

A팀의 감독을 맡은 송인수 수석 코치가 한정훈을 붙잡고 말했다. 아직 경기 초반이긴 하지만 B팀의 분위기가 좋았다. 팀의 주축인 주장 강승혁의 홈런으로 리드를 가져갔으니 이 흐름을 깨기 위해서라도 최대한 빨리 동점을 만들 필요가 있다고 판단했다.

"알겠습니다."

한성훈은 송인수 코지의 수문을 머릿속에 담았다. 그리고 최대한 공을 골라내기 위해 포수 쪽으로 가까이 붙어 섰다.

그러자 B팀 선발 투수 김성찬이 보란 듯이 미간을 찌푸렸다.

"얄미운 자식 나왔네."

전임 감독인 최성환 감독은 김성찬에게 서린의 뒷문을 책임지라는 중책을 맡겼다. 최고 구속 145㎞/h의 빠른 공과 2학년답지 않은 두둑한 배짱을 높이 평가하며 전문 마무리 투수로 키우고 싶다는 욕심을 드러냈다.

하지만 김운태 감독은 김성찬의 투구 스타일을 살피고는 곧바로 선발로 전환시켰다. 여러모로 마무리 투수로 썩히기는 아깝다고 판단한 것이다.

김성찬은 포심 패스트볼 이외에도 다양한 구종을 던질 줄 알았다. 횡으로 날카롭게 휘어져 들어가는 슬라이더와 종으로 크게 떨어지는 커브 그리고 좌타자들의 타이밍을 빼앗는 서클 체인지업까지. 불펜보다는 선발 투수에 적합한 자질을 갖추고 있었다.

그러나 한정훈은 단 두 가지 구종만 노렸다.

하나는 선발 전환 이후 140㎞/h 전후로 형성되는 포심 패스트볼.

다른 하나는 카운트를 잡기 위해 몸 쪽을 파고드는 슬라이더.

김운태 감독이 인정한 김성찬의 장점을 단순화시키면서 자신에게 유리한 판을 만들어버렸다.

'성찬이 형의 커브는 주로 유인구야. 커브는 신경 쓸 필요 없어.'

김성찬의 커브는 고교 투수치고 상당히 좋았다. 포심 패스트볼보다 20㎞/h 정도 느린 공이 30㎝ 가까운 낙폭을 그리며 날아들었다. 처음부터 커브를 노리고 들어오지 않는 이상은 타이밍을 맞추는 것조차 쉽지 않았다.

하지만 그뿐이었다. 김성찬은 그 좋은 커브를 대담하게 던지지 못했다.

10개의 커브를 던지면 그중에 절반은 홈플레이트 앞쪽에서 떨어졌다. 나머지 절반은 스트라이크존을 벗어나는 공이었다.

프로 레벨의 투수들처럼 스트라이크존 한복판에 커브를 던지며 타자들의 허를 찌르진 못했다. 오히려 까다로운 타자가 타석에 들어서면 커브를 철저하게 유인구로만 사용했다.

물론 아주 가끔씩 실투성 공이 스트라이크존에 걸쳐 들어오기도 했지만 김성찬의 커브는 거의 다 볼이라고 봐도 무방할 정도였다.

'앞선 이닝 때 포심 패스트볼을 많이 던졌으니까 초구에는 변화구가 들어오려나?'

한정훈이 방망이를 가볍게 들어 올렸다.

그 순간.

후앗!

김성찬이 내던진 초구가 큰 포물선을 그리며 바깥쪽으로 날아들었다.

한정훈은 가만히 공의 움직임을 지켜보았다. 만에 하나라도 스트라이크존 안쪽으로 파고든다면 때려낼 생각이었지만 공은 그대로 스트라이크존을 벗어나 버렸다.

"볼. 빠졌어."

구심을 보던 조인식 코치가 짧게 말했다. 그러면서 2학년 포수 정승일의 헬멧을 툭 하고 때렸다.

"죄송합니다."

정승일이 멋쩍게 웃었다. 전직 프로 야구 포수 출신인 조인식 코치가 보는 앞에서 서툰 프레이밍을 시도하다 걸렸으니 맞아도 할 말이 없었다.

'그나저나 정훈이 이놈은 진짜 안 속네.'

정승일의 시선이 한정훈에게 향했다. 이제 고등학교에 올라온 중학 레벨의 선수라면 이 정도 유인구에 눈이 돌아가야 옳았다.

하지만 한정훈은 마치 구경이라도 하는 것처럼 무심하게 공을 흘려 버렸다.

잠시 쓴웃음을 짓던 정승일이 계획대로 포심 패스트볼 사인을 냈다.

코스는 몸 쪽.

사인을 확인한 김성찬이 단단히 고개를 끄덕였다. 초구에 커브를 보여준 것도 바로 한정훈의 약점인 몸 쪽에 포심 패스트볼을 던져 넣기 위해서였다.

하지만 그런 뻔한 볼 배합을 한정훈이 모를 리 없었다.

지난 세 차례 청백전에서 김성찬의 커브 구사율은 대략 20
퍼센트 정도였다. 좌타자를 상대할 때나 우타자를 상대할 때
비율에 큰 차이가 없으니 한 타석당 커브는 하나 정도 들어온
다고 봐야 했다.

그런데 그 커브가 초구부터 들어왔다. 커브로 스트라이크
를 잡는 스타일이라면 또 모르겠지만 볼 카운트가 불리해지
는 걸 감안하면서까지 커브를 보여줬다는 건 2구를 위한 목적
구라는 소리나 다름없었다.

김성찬의 공 중 느린 커브의 후광을 볼 수 있는 구종은 포
심 패스트볼과 슬라이더뿐이었다. 그리고 확실히 스트라이크
를 잡아야 하는 상황이라면 힘 있는 포심 패스트볼일 가능성
이 더 높았다.

'바깥쪽은 보여줬으니까 보나마나 몸 쪽이겠지.'

오른팔을 옆구리 쪽에 단단히 고정시킨 뒤 한정훈은 몸 쪽
코스를 넉넉하게 열어 젖혔다. 몸 쪽으로 파고드는 김성찬의
포심 패스트볼에 제대로 대응하려면 몸 쪽을 넓게 보고 타격
을 준비할 필요가 있었다.

그런 줄도 모르고 김성찬은 정승일의 미트를 향해 힘차게
공을 내던졌다.

후앗!

김성찬의 손끝을 빠져나간 공이 한복판을 지나 몸 쪽으로 파고들었다.

'깊다!'

스트라이크보다는 볼에 가까운 공이었지만 한정훈은 그대로 방망이를 내돌렸다. 설사 파울이 되더라도 몸 쪽 공을 때려낼 수 있다는 걸 보여줄 필요가 있다고 여겼다.

따악!

방망이 안쪽에 걸린 타구가 타석 앞쪽을 때리고 그대로 1루쪽 파울라인을 벗어났다.

"후우……."

타구를 확인한 김성찬이 표정이 살짝 흔들렸다. 설마하니 몸 쪽 꽉 차게 던진 승부구를 한정훈이 걷어낼 거라고는 예상하지 못한 모양이었다.

반면 정승일은 스트라이크를 벌었으니 나쁘지 않다고 여겼다.

"나이스 볼!"

정승일이 새 공을 던져주며 김성찬을 독려했다. 비록 커트가 되긴 했지만 조금 전 포심 패스트볼의 움직임은 상당히 예리했다. 김성찬의 몸 쪽 제구 능력이 바깥쪽 제구보다 떨어진다는 걸 감안하면 정말 잘 들어온 공이었다.

'성찬이 컨디션이 괜찮아 보이니까 몸 쪽으로 하나 더 찌르는 게 좋겠어.'

정승일은 3구째 다시 몸 쪽 포심 패스트볼을 요구했다. 2구와 비슷하게만 들어와도 한정훈의 방망이를 끌어낼 수 있을 것 같았다.

하지만 김성찬은 단호하게 고개를 저었다.

'몸 쪽은 안 돼.'

'괜찮다니까.'

'그러다 맞으면 책임질 거야?'

정승일은 차선책으로 몸 쪽 슬라이더를 요구했다. 포심 패스트볼이 싫다면 슬라이더로 바꿔도 무방해 보였다.

그러나 김성찬이 신경 쓰는 건 구종이 아니라 코스였다.

"후우……."

고개를 절레절레 흔들며 김성찬이 투구판에서 내려왔다. 지금까지 정승일의 리드를 연거푸 거절한 적은 없지만 다시 몸 쪽으로 붙이라는 요구만큼은 도저히 받아줄 수가 없었다.

"아, 진짜. 뭘 그렇게 겁내는 거야."

정승일은 갑자기 몸을 사리는 김성찬이 이해가 가지 않았다. 타석에 선 건 강승혁이 아니라 한정훈이었다. 김운태 감독의 눈에 들어 주전 자리를 꿰차긴 했지만 아직 1학년 신입생에 불과했다.

"성찬아, 걱정 마! 나만 믿고 던져!"

정승일이 애써 웃으며 소리쳤다. 그렇게 하면 김성찬도 흥분을 가라앉힐 것이라 여겼다.

하지만 정작 김성찬은 보란 듯이 미간을 찌푸렸다. 투수의 입장은 전혀 헤아리지 않는 정승일의 고집에 짜증이 난 것이다.

"흠…… 승일이하고 성찬이가 호흡을 맞춘 게 처음인가?"

조용히 경기를 지켜보던 김운태 감독이 고개를 돌렸다. 그러자 매니저 조명찬이 냉큼 기록을 확인했다.

"그게…… 승일이가 포수 마스크를 쓴 건 두 번째입니다. 지난 번 경기 때는 진태하고 호흡을 맞췄습니다. 그리고 그 경기에서 정훈이와 같은 팀에 배정됐습니다."

"흠……"

김운태 감독이 고개를 주억거렸다. 조성찬의 말대로라면 정승일은 오늘 처음으로 포수 마스크를 쓰고 한정훈을 상대하고 있었다. 공격적인 리드도 좋지만 한정훈에 대한 분석이 부족하다 보니 김성찬에게 믿음을 주지 못하고 있었다.

"성찬이 성적은 어때?"

"정훈이 상대로 말씀이죠? 잠시만요."

조명찬이 들고 있던 태블릿을 김운태 감독에게 내밀었다. 화면 위에는 김성찬과 한정훈의 맞대결 성적이 자세하게 펼쳐져 있었다.

vs 한정훈(00-02-17, 1학년, 좌투좌타, DH).

경기 수: 2경기(2차 평가전, 3차 평가전).

성적 1: 7타석 5타수 2안타 2사사구 0탈삼진

성적 2: 피안타율 0.400 피출루율 0.572 피장타율 0.600 피OPS 1.172

세부 기록

1차 평가전: 기록 없음

2차 평가전: 3타석 2타수 1안타 1사사구

└첫 번째 타석 볼넷(7구, 슬라이더).

└두 번째 타석 좌중간 2루타(5구, 체인지업).

└세 번째 타석 중견수 플라이(5구, 포심 패스트볼).

—총 투구수 17구(S 10/B 7).

3차 평가전: 4타석 3타수 1안타 1사사구

└첫 번째 타석 좌익수 플라이(4구, 포심 패스트볼).

└두 번째 타석 볼넷(7구, 슬라이더).

└세 번째 타석 중견수 앞 안타(5구, 체인지업).

└네 번째 타석 1루 직선타(5구, 슬라이더).

—총 투구수 21구(S 11/B 10).

"흠……."

김운태 감독이 다시 한번 고개를 주억거렸다. 상대 기록을 살피기 전까지만 해도 김운태 감독은 김성찬이 지나치게 몸을 사리고 있다고 여겼다.

하지만 세부 기록을 들여다보니 그럴 만했다. 두 개의 안타를 얻어맞은 건 둘째 치고 단 한 번도 승부를 편히 가져가지 못했다.

선발로 전환하면서 김성찬의 포심 패스트볼 평균 구속은 3㎞/h 정도 줄어들었다. 전력을 다하면 여전히 145㎞/h의 빠른 볼을 던질 수 있지만 꾸준하게 형성되는 구속은 138㎞/h~140㎞/h 정도였다.

고교 야구 레벨에서 평균 구속 139㎞/h의 포심 패스트볼은 압도적이지 못했다.

하지만 김운태 감독은 김성찬의 제구 능력이라면 구속 감소를 충분히 만회할 수 있다고 판단했다. 슬라이더라는 확실한 세컨드 피치에 이어 커브와 서클 체인지업도 수준급으로 구사하고 몸 쪽 승부도 곧잘 하는 편이니 조금만 더 경험이 쌓인다면 내년에 서린 고등학교의 에이스 자리를 물려받을 수 있을 것이라 기대했다.

그런데 그 김성찬이 한 학년 아래인 한정훈에게 꼼짝을 못하고 있었다.

지난 경기까지 김성찬의 타석 당 평균 투구수는 3.7구.

한 타자를 상대로 4개 이상의 공을 던지지 않았다는 소리다.

하지만 한정훈만 만나면 투구수가 늘어났다. 4구를 던진 건 한 번뿐이고 4타석에서 5구 승부까지 갔다. 풀카운트 승부가 펼쳐지면 여지없이 볼넷을 내줬다.

투구수가 많다는 건 김성찬이 한정훈을 효과적으로 공략하지 못했다는 이야기였다. 그렇다면 굳이 정면 승부를 걸 필요가 없었다.

"타임 불러."

"네, 감독님!"

김운태 감독을 대신해 조명찬이 타임을 요청했다.

"타임!"

조인식 코치가 냉큼 양팔을 벌렸다. 그사이 정승일이 김운태 감독에게 불려갔다.

"덤비지 말고 어렵게 승부해라."

"……네?"

"걸러도 좋으니까 무리해서 승부를 걸지 말란 소리다."

"아……. 네, 알겠습니다."

정승일은 복잡해진 얼굴로 포수석으로 돌아왔다. 고작 1학년 타자를 상대로 김성찬에 이어 김운태 감독까지 몸을 사린다는 게 도무지 이해가 가질 않았다.

"후우……. 까라면 까야지."

애써 머릿속을 정리한 뒤 정승일이 3구째 바깥쪽으로 흘러

나가는 서클 체인지업을 요구했다.

하지만 김성찬은 이번에도 고개를 저었다. 앞선 두 차례 청백전에서 체인지업을 던지다 한정훈에게 얻어맞았는데 다시 같은 실수를 하고 싶진 않았다.

'또 뭐가 문제인데?'

'볼카운트가 유리하다면 모르겠지만 지금은 아니야.'

'젠장할. 네 마음대로 해라.'

결국 정승일은 사인 없이 미트를 들어 올렸다. 김성찬도 천천히 고개를 끄덕인 뒤 스트라이크존 바깥쪽을 겨냥해 힘차게 공을 던졌다.

퍼억!

낮게 깔려 들어온 공이 그대로 스트라이크존을 벗어났다.

"볼. 빠졌다."

조인식 코치가 단호하게 말했다.

볼카운트는 원 스트라이크 투 볼로 바뀌었다.

'거를 생각인가?'

한정훈은 타석에서 발을 뺐다. 4구를 지켜봐야겠지만 신중한 김성찬의 성격상 불리한 볼 카운트에서 무리해서 승부를 걸 것 같지는 않았다.

'이대로 나가면 어떻게 되는 거지?'

한정훈이 고개를 돌려 더그아웃을 바라봤다. 더그아웃 앞쪽에 마련된 대기 타석에는 주전 포수 박지승이 방망이를 휘두르고 있었다.

우투좌타의 박지승은 정확도 높은 타격을 구사했다. 장타력은 떨어지지만 작전 수행 능력도 좋고 팀을 위해 헌신할 줄도 알았다.

만약 이대로 한정훈이 걸어 나간다면 송인수 코치는 십중팔구 박지승에게 희생번트를 주문할 것이다. 주루 능력이 떨어지는 한정훈에게 무리한 작전을 거는 것보다 일단 2루까지 안전하게 보낸 뒤 후속 타자들의 안타에 기대를 거는 전략을 선택할 가능성이 높았다.

박지승이라면 어렵지 않게 희생 번트를 성공시킬 것이다. 문제는 그다음에 타석에 들어설 2학년 변인화였다.

변인화는 힘은 좋지만 지나치게 잡아당기는 스윙을 고집하고 있었다. 게다가 변화구에 약했다. 수준급 변화구를 구사하는 김성찬의 공을 때려서 안타로 연결할 가능성이 높지 않았다.

김성찬이 변인화를 범타로 돌려세운다면 2사 이후에 최주찬이 타석에 들어서게 된다. 김성찬-정승일 배터리가 찬스에 강한 최주찬과 승부를 볼 리는 없을 터. 어렵게 승부해서 1루를 채우고 2학년인 최재식을 상대하는 쪽으로 방향을 틀 게 뻔했다.

'재식이 형이 안타를 쳐도 내가 홈을 노리기란 쉽지 않아.

결국 안타가 연달아 터져줘야 하는데 확률상 어렵겠지.'

한정훈이 다시 타석에 들어섰다. 복잡한 머릿속을 정리하려면 일단 김성찬의 속내부터 확인할 필요가 있었다.

후앗!

김성찬의 손끝을 빠져나온 공은 이번에도 바깥쪽 코스로 날아들었다.

공의 움직임상 구종은 슬라이더.

김성찬이 백도어성 공을 던진 거라면 넋 놓고 스트라이크를 빼앗길 수도 있는 코스였다.

테이크백에 들어갔던 한정훈은 방망이를 내돌리지 않고 그대로 공을 지켜보았다. 이번 공이 설사 스트라이크가 되더라도 나쁠 건 없다고 여겼다.

그러나 평소보다 밋밋하게 날아든 공은 그대로 스트라이크 존을 벗어나 버렸다.

"볼. 빠졌다."

조인식 코치가 짧게 소리쳤다.

'결국 거른다는 이야기인데…….'

한정훈의 시선이 김성찬을 지나 송인수 코치에게 향했다. 자신의 바람대로 한정훈이 걸어 나갈 기회를 잡았지만 송인수 코치의 표정은 썩 밝지 않았다.

'좋아. 이렇게 된 거 장타를 노리자.'

타석을 벗어나며 한정훈이 길게 숨을 골랐다.

단순히 선두 타자 출루가 목표라면 5구는 지켜보는 게 옳았다.

하지만 송인수 코치가 원하는 게 선두 타자 출루만이 아니라는 걸 확인한 이상 조금 더 적극적으로 타격에 임할 필요가 있었다.

'이제 와서 성찬 선배가 스트라이크를 잡으러 들어오진 않을 거야. 그렇다고 대놓고 볼을 던지지도 않겠지.'

생각을 정리한 한정훈이 타석에 들어섰다. 그러면서 홈플레이트 쪽으로 반 발자국 정도 붙어 자리를 잡았다.

하지만 정승일은 그 움직임을 대수롭지 않게 여겼다. 걸러도 좋다는 지시를 받은 이상 한정훈을 굳이 신경 쓸 필요가 없다고 여긴 것이다.

'이번엔 이게 좋겠어.'

정승일은 5구째 바깥쪽 서클 체인지업을 요구했다. 앞서 슬라이더를 보여준 만큼 반대로 흐르는 서클 체인지업이 효과적일 거라고 판단했다.

잠시 고심하던 김성찬도 고개를 끄덕였다. 원 스트라이크 쓰리 볼이라는 볼카운트에서 한정훈이 굳이 방망이를 내돌리진 않을 것이라고 여겼다.

'괜히 스트라이크를 던졌다가 몰리면 골치 아프니까…….'

김성찬은 정승일의 미트 웹이 아닌 포켓 부분에 시선을 고정시켰다. 그리고 크게 왼발을 차올린 뒤 있는 힘껏 공을 내던졌다.

후앗!

김성찬의 손끝을 빠져나간 공이 한복판으로 날아들다가 다시 바깥쪽으로 흘러 나갔다. 프로 수준의 서클 체인지업에 비교하긴 어렵겠지만 서클 체인지업을 예상하지 못한 좌타자를 충분히 곤욕스럽게 만들 만한 움직임이었다.

그러나 서클 체인지업을 예상했다면 이야기는 달랐다.

'들어왔다!'

한정훈은 망설이지 않고 방망이를 내돌렸다. 그러면서 마지막 순간에 양팔을 쭉 뻗어 도망치는 공을 걷어 올렸다.

따악!

묵직한 타격음과 함께 타구가 우익수 방면으로 뻗어 나갔다.

"잡을 수 있어!"

우익수 오병태가 재빨리 타구를 쫓았다. 그러나 회전이 걸린 타구는 계속해서 파울라인 쪽으로 휘어져 나갔다.

"빠져라! 빠져라!"

오병태는 그대로 타구가 파울라인을 벗어나길 바랐다. 하지만 마지막 순간에 파울라인 안쪽에 툭 하고 떨어진 공은 오병태를 놀리듯 넓은 외야 파울 지역으로 굴러 나가 버렸다.

덕분에 한정훈은 2루까지 여유롭게 걸어 들어갔다.

"후우……."

길게 숨을 고르며 한정훈이 타임을 요청했다.

"짜식, 잘 치는데?"

2루심 서인태 코치가 씩 웃으며 한정훈의 엉덩이를 툭툭 두드렸다.

"코치님, 너무 이 자식만 편애하시는 거 아니에요?"

2루수 배찬호가 못마땅한 얼굴로 한정훈을 바라봤다.

3학년인 자신은 아직까지 주전 자리조차 확보하지 못하고 있는데 1학년인 한정훈이 코칭스태프의 관심과 사랑을 독차지하고 있으니 자신도 모르게 짜증이 튀어나왔다.

"억울하면 너도 안타 하나 쳐라. 그럼 내가 열 배로 예뻐해 줄 테니까."

서인태 코치가 배찬호의 엉덩이도 두드려 주었다. 그러자 배찬호가 서인태 코치의 손길을 피하며 투덜거렸다.

"A팀 선발은 진태잖아요. 성찬이하곤 다르다고요."

"지금 같은 팀 선발 투수 디스하는 거냐?"

"디스가 아니라 사실이 그렇잖아요. 저도 지난 청백전 때 성찬이한테 안타 쳤다고요."

같은 선발 투수이긴 하지만 김진태와 김성찬은 무게감이 달랐다. 서린 고등학교의 에이스는 누가 뭐래도 김진태였다. 김운태 감독이 선발 순서는 정해지지 않았다며 경쟁을 부추겼지만 이제 막 선발로 옷을 갈아입은 김성찬이 프로 야구 구단에서 눈독을 들이는 김진태를 따라잡기란 쉽지 않아 보였다.

하지만 그런 식으로 자기 합리화를 해봐야 달라지는 건 아무것도 없었다.

"그래, 인마. 너 잘났다."

서인태 코치가 쓴웃음을 흘렸다. 그렇다고 경기 중에 조금만 더 노력하면 분명 주전 자리를 확보할 수 있을 거라는 뻔한 위로를 건넬 수는 없는 노릇이었다.

무엇보다 배찬호는 한정훈의 실력을 전혀 인정하려 들지 않고 있었다.

'정훈이가 진태한테도 강했다는 건 말할 필요가 없겠지.'

다시 한번 한정훈의 엉덩이를 두드린 뒤 서인태 코치가 제자리로 돌아갔다. 그사이 송인수 코치에게 뭔가 지시를 받은 박지승이 왼쪽 타석에 들어왔다.

'설마 번트일까?'

한정훈의 시선이 송인수 코치에게 향했다.

그러자 송인수 코치가 복잡한 수신호를 냈다.

처음 사인은 번트였다. 하지만 중간에 그 사인이 취소되더니 히트 앤드 런 사인이 나왔다. 그리고 다시 번트 사인이 났다. 그렇게 끝나려나 싶던 사인은 다시 전체가 취소된 뒤 강공 사인으로 전환됐다.

'사인이 좀 길긴 했지만 역시 송 코치님이야.'

한정훈이 가볍게 고개를 끄덕였다. 지금 상황에서 번트를 대봐야 동점 이상은 기대하기 어려웠다. 1사 주자를 3루에 두고 김성찬이 타격 센스가 좋은 최주찬과 정면 승부를 벌일 가능성은 낮았기 때문이다.

하지만 박지승이 안타라도 때려낸다면 이야기는 달랐다.

'일단 작전이 걸린 것처럼 굴자.'

한정훈은 과감하게 리드 폭을 넓혔다. 슬쩍 고개를 돌린 김성찬이 어이없다는 표정을 지었지만, 겁을 먹고 2루 베이스에 붙어 있어서는 자신이 만든 기회를 제대로 살릴 수 없을 것 같았다.

"뭐야, 한정훈. 진짜 뛰려고?"

한정훈의 등 뒤에서 유격수 조승국이 놀리듯 떠들어댔다.

10㎏ 정도 체중을 감량했다곤 하지만 최은수와 더불어 서린 고등학교 쌍뚱으로 불리는 한정훈이 도루라도 할 것처럼 구니 절로 웃음이 났다.

그러면서도 조승국은 슬금슬금 2루 베이스 쪽으로 걸음을 옮겼다. 김성찬이 공을 던진 이후 한정훈의 귀루가 늦다면 정승일의 송구를 받아 2루에서 잡아낼 생각이었다.

조승국의 움직임을 확인한 정승일은 2루 송구를 위해 바깥쪽 높은 코스의 공을 요구했다.

고개를 돌려 한정훈의 움직임을 확인한 김성찬도 군말 없이 고개를 끄덕였다. 그리고 조승국의 미트를 향해 빠르게 공을 내던졌다.

후앗!

김성찬의 손끝을 빠져나간 공이 한복판을 지나 바깥쪽으로 흘러 나갔다. 그와 동시에 정승일이 엉덩이를 들어 올렸다. 포구와 동시에 곧바로 2루로 공을 던질 생각이었다.

하지만 박지승은 이 공을 그대로 흘려보낼 생각이 없었다.

'정훈아, 고맙다!'

박지승이 한정훈을 따라하듯 팔을 쭉 뻗어 공을 맞춰냈다.

따악!

먹힌 타구가 3유간으로 느리게 굴러갔다.

만약 유격수 조승국이 제자리를 지키고 있었다면 평범한 유격수 땅볼이 됐을 타구였다. 그러나 조승국이 견제를 위해 2루 베이스 쪽으로 들어가면서 3유간이 텅 비어버렸다.

"젠장할!"

역동작에 걸린 조승국이 타구를 향해 반사적으로 몸을 날렸다. 다행히도 글러브 끝 부분에 걸린 타구는 3루 쪽으로 굴절이 됐다.

하지만 타자 주자인 박지승이 1루를 밟는 것까지 막아내진 못했다.

그사이 한정훈은 부지런히 발을 놀려 3루로 들어갔다. 그렇게 A팀은 처음으로 무사 1, 3루라는 천금 같은 득점 기회를 잡았다.

"허허, 저 녀석한테 완전히 당했군."

경기를 지켜보던 김운태 감독이 헛웃음을 흘렸다. 한정훈이 쓸데없이 리드를 할 때부터 수상쩍다 싶었는데 자신을 미끼로 김성찬의 바깥쪽 공을 유도해 추가 안타를 이끌어냈다.

이건 기본적으로 주자의 역할을 제대로 이해하고 있는 선수들에게서나 볼 수 있는 지능적인 플레이었다. 어지간한 야구 지능으로는 흉내소차 내기 어려운 움직임이었다.

"조금 더 지켜볼 생각이었는데 그럴 필요 없겠어."

김운태 감독은 수첩을 꺼내 들었다. 그리고 황금사자기 선발 라인업 중에 유일하게 비워져 있던 6번 타자 자리에 한정훈의 이름을 적어 넣었다.

"아니지. 아니야. 정훈이의 정확도라면 3번이 나을 수도 있겠어."

김운태 감독이 조언을 구하듯 고개를 돌렸다.

하지만 언제나 지근에서 자신을 보필해 온 송인수 수석 코치는 반대편 더그아웃에 가 있었다.

"이거 이대로 경기를 끝낼 수도 없고……."

김운태 감독의 애타는 시선이 운동장을 가로질러 송인수 코치에게 향했다.

송인수 코치는 송인수 코치대로 한정훈이 보여주었던 영리한 주루 플레이에 감탄을 늘어놓고 있었다.

"하나야. 봤니? 봤어?"

"네, 봤어요, 삼촌. 지승 선배가 잘 밀어쳤는데요?"

"아니! 지승이 안타 말고. 정훈이 움직임 말이야."

"정훈이요?"

"하이고. 이 답답아. 지승이 타구는 평범했다고. 그게 어떻게 안타가 됐는지 모르겠어?"

"그걸…… 알면 제가 삼촌 대신 코치하고 있지 않을까요?"

"욘석이 까분다. 그리고 학교에서는 코치님이라고 부르라고 했지?"

"네에, 네에. 코치님, 그러니까 얼른 알려주세요. 제가 뭘 놓친 거죠?"

야구부 매니저 송하나가 송인수 코치를 보챘다.

그러자 송인수 코치가 크흠, 하고 헛기침을 내뱉고는 조금 전 상황을 송하나의 눈높이에 맞춰 설명했다.

"내가 왜 번트 사인을 내지 않은 줄 아니?"

"그야 아웃카운트를 버려가며 한뚱을 3루로 보내봐야 잔루로 남을 가능성이 높아서잖아요."

"한똥이 뭐야, 한똥이. 야구 기자를 하겠다는 녀석이."

"뭐 어때요? 한똥. 귀엽기만 한데."

"어쨌든 강공으로 전환했는데 사인을 받은 다음에 정훈이가 어떻게 행동했는지 기억은 하냐?"

"음……. 꼴에 리드를 넓혔던 것 같은데요."

"그래. 제대로 기억하고 있구나. 그럼 왜 리드를 넓혔다고 생각하니?"

"그야…… 저 몸으로는 평범한 땅볼이 나왔을 때 3루로 뛰다 죽을지도 모른다고 생각해서 아닐까요?"

"정말 그렇게 생각하니?"

"틀렸어요? 제가 잘못 짚은 거예요?"

"하하. 아니다, 아니야. 같은 편인 네가 그렇게 생각할 정도면 정훈이가 정말 모두를 제대로 속인 모양이다."

"모두를…… 속여요?"

송하나가 이해할 수 없다는 표정을 지었다. 자신이 보기에 한정훈의 리드는 무모해 보였다. 박지승이 초구를 밀어쳐 안타를 때려내지 않았다면 그대로 견제에 걸려 집혔을 가능성이 높았다.

그런데 정작 송인수 코치는 그런 한정훈의 불필요한 움직임이 트릭 플레이라고 말하고 있었다.

"삼촌이 한뚱을 너무 과대평가하는 거 아니에요?"

송하나가 의심어린 눈으로 송인수 코치를 바라봤다. 그러자 송인수 코치가 헛웃음을 흘렸다.

"너야말로 정훈이의 외모만 보고 판단하는 거 아니냐?"

"저 그런 적 없는데요?"

"없긴. 너뿐만이 아니라 저기 그라운드에서 뛰고 있는 선수 대부분이 한정훈은 뚱뚱하고 몸이 둔하고 운 좋게 주전 자리를 꿰차고 있다고 생각하고 있는데 뭘."

송인수 코치는 한정훈을 향한 질시와 불만을 누구보다 잘 알고 있었다. 면담이랍시고 찾아온 학부형들마다 한정훈을 걸고넘어지고 있으니 대수롭지 않게 여기려 해도 그럴 수가 없었다.

물론 송인수 코치도 선배들의 눈칫밥을 먹는 한정훈이 안쓰럽긴 했다.

하지만 그런 개인적인 마음과 선수 한정훈을 평가하는 잣대는 별개였다.

"아까 원 스트라이크 쓰리 볼에서 정훈이는 바깥쪽으로 빠져나가는 볼을 쳐서 안타를 만들어 냈다. 그리고 스스로 아웃 카운트 하나를 벌었지. 만약 그대로 볼넷을 얻어 걸어 나갔다면 나는 어쩔 수 없이 희생 번트를 주문했을 테니까."

"뭐, 그 안타는 저도 인정해요. 지나치게 개인 성적에 욕심을 부리긴 했지만 기술적인 타격이었어요."

"공자 앞에서 문자 쓰지 말고. 그건 어디까지나 정훈이가 경기 분위기와 타순을 고려해서 내린 판단이었다. 그 상황에서 볼넷으로 나가 봐야 득점으로 이어지긴 어렵다고 판단한 거지."

"네에, 네에. 어련하시려고요."

"이번에도 마찬가지였다. 내가 강공을 지시하자 정훈이는 누가 시키지도 않았는데 리드를 넓혔어. 네 눈에도 무모해 보였는데 성찬이와 승일이는 어땠겠니? 죽고 싶어서 환장한 걸로 보였겠지."

"그럼 제 생각이 틀린 게 아니잖아요?"

"물론 객관적으로 봤을 때 그렇게 판단하는 것도 무리는 아니겠지. 하지만 말이다. 정훈이가 강공 사인에도 불구하고 2루 베이스에 꼭 붙어 있었다면 어땠을 것 같니?"

"그래도 지승 선배가 안타를 치지 않았을까요?"

"잘 생각해 봐. 정훈이가 리드를 넓히니까 승일이와 승국이가 정훈이를 잡기 위해 움직인 거다. 덕분에 3유간이 텅 비었고 지승이의 느린 타구가 안타로 이어질 수 있었던 거지."

"아……. 그런 이야기였어요?"

"물론 여기까지는 야구 좀 안다는 이들이라면 누구나 추론할 수 있어. 하지만 정작 중요한 건 따로 있다."

"뭐가 또 있어요?"

"볼 배합, 정훈이가 승일이의 볼 배합을 바꿨다."

좌타자인 박지승은 몸 쪽으로 파고드는 변화구에 약한 모습을 보였다. 대신 바깥쪽 대처 능력은 좋았다. 타구를 결대로 밀어치는 재주는 김운태 감독조차 고개를 주억거리게 만들 정도였다.

그러나 2루에 한정훈을 둔 상황에서 박지승의 타격 스타일은 진루에 별반 도움이 되지 못했다. 몸 쪽 공에 대한 정확도가 떨어지니 무리해서 잡아당긴다 한들 진루타를 기대하긴 어려웠다.

그렇다고 2루에 발이 느린 주자를 두고 3유간으로 타구를 굴릴 수도 없었다. 주자가 최주찬이라면 또 몰라도 3유간으로 구르는 타구에 한정훈이 3루를 노리기란 쉽지 않아 보였다.

이 같은 사실은 김성찬은 물론이고 주승일도 잘 알고 있었다. 그래서 박지승을 상대로 몸 쪽 승부를 걸 생각이었다.

그런데 한정훈이 미끼를 자처하면서 상황이 달라졌다. 2루 주자를 잡아내서 김운태 감독의 눈도장을 받고 싶었던 주승일은 바깥쪽 공을 요구했다.

김성찬도 신중한 스타일의 박지승이 초구부터 방망이를 내돌리진 않을 거라고 여기고 바깥쪽 코스로 공을 밀어 넣었다.

그 공을 박지승이 툭 하고 굴리면서 유격수 방면 내야 안타를 만들어낸 것이다.

"흠……. 그거 그냥 결과론 아니에요?"

송하나가 마지막까지 딴죽을 걸었다. 대한민국 최고의 야구 전문 기자를 꿈꾸는 입장에서 봤을 때 이제 막 고등학교에 올라온 한정훈이 그 정도로 대단한 플레이를 해냈을 거란 생각은 들지 않았다.

그러나 송인수 코치의 생각은 달랐다.

"두고 봐라. 오늘 경기가 끝나고 황금사자기 주전 엔트리에 누가 들어가는지를."

송인수 코치가 손뼉을 두드리며 선수들을 독려했다. 송하나와 잠깐 이야기를 주고받는 사이 볼 카운트는 투 스트라이크 투 볼이 되어 있었다.

"후우……."

타석에서 벗어난 최주찬이 송인수 코치를 바라봤다. 5구째 어떤 공이 들어올지 판단이 서지 않은 표정이었다.

한정훈도 3루 베이스에 붙어 서서 송인수 코치 쪽으로 고개를 돌렸다. 볼카운트가 유리했다면 스트라이크존 공략에 강한 최주찬에게 맡겨뒀겠지만 투 스트라이크 투 볼인 만큼 벤치에서 상황을 정리해 줄 필요가 있어 보였다.

"흠……. 스퀴즈를 쓰기엔 너무 늦어버렸고 결국 희생 플라이를 기대해야 하나?"

송인수 코치는 잠시 고심했다. 지금 상황에서 최선은 최주찬이 우익수 방면으로 안타를 때려주는 것이었다. 그렇게 하면 한정훈은 여유롭게 홈을 밟을 테고 1루 주자 박지승도 3루까지 들어갈 수 있을 것 같았다.

하지만 애석하게도 최주찬은 밀어치는 타격보다 잡아당기는 스타일을 선호했다. 노 스트라이크나 원 스트라이크 상황이라면 헛스윙이 되어도 좋다는 각오로 마음껏 방망이를 휘두를 수 있겠지만 투 스트라이크에서는 그럴 수가 없었다.

삼진을 당할지도 모른다는 불안감이 타격으로 이어져 평범한 3유간 땅볼이 나온다면?

최악의 경우 한정훈은 3루에 묶인 채 두 개의 아웃 카운트가 올라가고 말 것이다.

그렇다고 한정훈을 믿고 스퀴즈 번트를 지시할 수도 없었다. 한정훈에게 그 정도 주루 플레이를 기대하기도 어렵거니와 우완 투수를 상대로 3루에서 무리하게 리드를 넓히는 것도 쉽지 않아 보였다.

"어쩔 수 없지. 주찬이를 믿는 수밖에."

송인수 코치가 최주찬에게 모든 판단을 맡겼다. 사인을 확인한 최주찬이 제 헬멧을 툭툭 두드린 뒤 타석에 들어섰다.

한정훈도 적당히 리드를 벌린 채 최주찬의 타격을 지켜보았다.

'설마 스퀴즈는 아니겠지.'

한정훈의 움직임을 잠시 지켜보던 김성찬이 투구판을 박차고 나갔다.

후앗!

김성찬의 손끝을 빠져나간 공이 한복판을 지나 바깥쪽으로 향했다.

'빠르다!'

최주찬은 반사적으로 방망이를 내돌렸다. 원하던 몸 쪽 코스는 아니었지만 스트라이크존에 걸쳐 들어오는 공을 그냥 내버려 둘 수는 없다고 여겼다.

하지만 마지막 순간에 바깥쪽으로 흘러 나간 공은 방망이 끝 부분에 걸려 1루 측 파울 지역으로 높이 떠올랐다.

"떴어!"

김성찬이 하늘을 향해 손가락을 들어 올렸다. 그러자 1루수 강승혁과 2루수 홍일섭, 우익수 오병태가 타구를 향해 몰려들었다.

"좋았어."

타구의 위치를 파악한 3루수 안시원이 씩 웃었다. 최주찬이 마지막까지 팔로우 스윙을 하면서 타구가 1루수 뒤쪽으로 뻗어나가긴 했지만 수비수가 셋이나 달려들었으니 아웃 카운트를 늘리는 데는 문제가 없을 것 같았다.

"정훈아, 너 오늘 홈 못 밟겠다."

안시원이 놀리듯 한정훈을 바라봤다. 그런데 등 뒤에 있어야 할 한정훈이 보이질 않았다.

반대편으로 고개를 돌리니 한정훈은 3루 베이스를 밟은 채 태그 업 준비를 하고 있었다.

"너 뭐 하냐?"

"말시키지 마요. 헷갈려요."

"하하. 야, 너 못 뛰어. 그러다 죽지 말고 가만있어."

안시원은 최주찬만큼이나 한정훈을 끔찍하게 아꼈다. 3학년들이 졸업하면 자신을 비롯한 2학년들이 주축이 되어 서린 고등학교를 이끌어야 했다. 그때 한정훈이 강승혁의 빈자리를 확실히 채워주길 바랐다.

하지만 그렇다고 해도 이건 아니었다. 1루수 머리 뒤쪽으로 넘어가는 파울 타구에 홈으로 뛰어드는 건 최주찬이라 해도 쉽지 않은 일이었다.

물론 한정훈도 비거리가 짧다는 것쯤은 알고 있었다. 빈틈을 노려 홈으로 내달린다 해도 상당한 운이 따라줘야 한다는 것도 인정했다.

다만 한정훈은 타구가 짧다는 이유만으로 홈으로 달릴 수 있는 기회를 포기하고 싶지 않았다.

'병태 선배가 잡으면 포기하자. 오른손잡이고 달려 나오면

서 송구가 가능하니까 죽을 확률이 높아. 하지만 승혁 선배가 역동작으로 공을 잡으면…… 그땐 뛰자.'

한정훈은 오병태가 아니라 강승혁이 공을 잡길 간절히 바랐다. 그런 줄도 모르고 강승혁은 오병태에게 수신호를 보낸 뒤 기어코 어려운 동작으로 공을 잡아냈다.

여기까진 B팀이 원하는 시나리오였다.

그런데 한정훈이 느닷없이 홈으로 달려들면서 상황이 달라졌다.

"홈! 홈!"

뒤늦게 한정훈의 움직임을 파악한 김성찬이 홈을 가리키며 소리쳤다. 그러자 강승혁도 재빨리 몸을 돌리며 정승일을 향해 공을 던졌다.

그런데 평소라면 비교적 정확하게 날아갔을 공이 3루 쪽으로 크게 치우쳤다. 역동작으로 펼친 수비 과정과 조급함, 왼손잡이 특유의 송구 편향성이 겹치며 어지간해서는 실수하지 않는 강승혁의 실책을 유발한 것이다.

"잡을 수 있어!"

정승일은 강승혁의 송구를 쫓아 몸을 움직였다. 만약 한정훈이 서툴게나마 슬라이딩을 시도한다면 빠져나가는 공을 잡고 재빨리 태그할 수도 있다고 여겼다.

하지만 한정훈은 달리는 속도 그대로 홈으로 돌진했다. 강승혁의 송구가 빗나간 순간부터 살 수 있다는 확신을 가진 것이다.

"안 돼!"

송구와 한정훈이 겹치자 정승일은 몸으로 한정훈을 막으려 했다.

하지만 서린 고등학교 쌍뚱이라 불리는 한정훈도 호락호락 밀리지 않았다.

"비켜요! 비켜!"

한정훈이 악을 내지르며 정승일을 들이받았다. 프로에서 배운 대로 어깨를 이용해 정승일의 가슴 보호대를 밀친 뒤 기어코 홈을 밟아 버렸다.

"세이프! 세이프!"

조인식 코치가 호들갑스럽게 양팔을 내벌렸다.

다른 팀이었다면 선수 부상을 방지하기 위해 경기를 중단시켰겠지만 선수층이 두터운 서린 고등학교의 청백전은 전국 대회만큼이나 치열했다.

그사이 박지승이 2루를 돌아 3루까지 들어갔다. 한정훈의 기민한 플레이 덕분에 아웃카운트만 늘어날 뻔한 상황이 동점에 1사 3루로 변해 버린 것이다.

"정훈아!"

최주찬이 냉큼 달려와 엉덩방아를 찧은 한정훈을 일으켜

세웠다. 평소 한정훈을 운 좋은 뚱땡이라 깔보던 최재식도 대기 타석에서 달려와 한 팔 거들었다. 그러고는 한정훈의 질펀한 엉덩이를 툭툭 두드렸다.

"어허, 어딜 만져?"

"형 엉덩이 아니라 정훈이 엉덩인데요?"

"그러니까. 정훈이 엉덩이가 내 거인 줄 몰랐냐?"

"타점 하나 올렸다고 너무 진도 빼시는 거 아니에요?"

최주찬과 최재식은 한정훈을 부축해 더그아웃까지 데려갔다. 한정훈이 괜찮다고 만류했지만 호들갑 브라더스라 불리는 최주찬과 최재식은 환자처럼 굴라며 한정훈의 옆구리를 쿡쿡 찔러댔다.

그러자 김운태 감독이 경기를 중단시키고 A팀 더그아웃까지 찾아왔다.

"한정훈, 많이 다친 거냐?"

"아니요. 괜찮습니다. 그냥 균형을 잃은 것뿐입니다."

"그래도 혹시 모르니까 병원 가봐라."

"아닙니다. 정말 괜찮습니다."

"혹시 모르니까 가봐. 어디 다친 줄도 모르고 미련하게 고생하지 말고."

김운태 감독의 잔소리에 송하나가 풋 하고 웃음을 터뜨렸다. 한정훈이 뚱뚱해서 고통에 둔감할지도 모른다는 생각이

든 것이다.

그러나 그 모습을 지켜보는 선수들은 웃음이 나지 않았다. 다른 사람도 아니고 김운태 감독이 직접 나서서 한정훈의 부상을 걱정하고 있었다.

이건 한정훈을 이번 황금사자기 때부터 즉시 전력으로 활용하겠다는 소리나 다름없었다.

"송 코치, 주찬이 빼도 되지?"

"그럼 저희가 너무 불리하죠. 차포 떼고 무슨 경기를 합니까."

"그럼 우리도 포 하나 떼지. 어차피 주찬이 하나로는 안 될 테니까 승혁이도 보내자고. 어때?"

"흠……. 뭐 까짓것 좋습니다. 그렇게 하시죠."

김운태 감독과 송인수 코치는 즉석에서 출전 선수 명단을 조정했다. 이제 3회가 진행 중이었지만 한정훈과 강승혁, 최주찬까지 주축 선수를 전부 빼버린 것이다.

"감독님, 저 정말 괜찮습니다. 정말 아무렇지도 않아…… 읍!"

한정훈은 괜히 자신 때문에 일이 커진 것 같아 부담스러웠다.

하지만 쉴 새 없이 이어지는 훈련에 다소 지쳐 있던 강승혁과 최주찬은 재빨리 한정훈의 입을 틀어막아 버렸다.

"감독님, 부주장인 제가 정훈이 잘 챙기겠습니다!"

"이 두 녀석 딴 데 안 새게 주장인 제가 잘 이끌겠습니다!"

강승혁과 최주찬은 김운태 감독의 마음이 변할까 봐 한정훈을 야구부실로 끌고 들어갔다. 그리고 채 10분도 지나지 않아 옷을 갈아입고 밖으로 나왔다.

그 모습을 지켜보는 야구부원들의 입에서 절로 불평불만이 쏟아졌다.

"와, 시팔. 부럽다."

"그러게. 진짜 부럽다."

"그런데 주장이랑 부주장이 저렇게 농땡이 부려도 되는 거냐?"

"억울하면 너도 주장하지 그랬냐. 그리고 저 셋은 주전 확정인데 뭐가 문제야?"

"셋? 왜 셋이야. 둘이지."

"야, 정훈이 놈 자빠지니까 감독님 놀라서 뛰어온 거 못 봤냐? 게임 끝났어, 인마."

"크으, 진짜 내 더럽고 치사해서 전학을 가든가 해야지."

"제발 좀 가라. 그놈의 전학 타령만 하지 말고."

"말이 그렇다고, 인마."

"암튼 정훈이 저 새끼, 마음에 안 들어."

"내 말이. 어린놈의 새끼가 좀 요령껏 할 것이지. 뭐 하자는 거야? 선배들이 우스워?"

"진짜 저 자식. 군기 좀 잡아야 할 거 같은데?"

"야, 입으로만 떠들지 말고 할 거면 확실하게 해."

시샘의 끝은 언제나처럼 한정훈이었다. 오죽했으면 최주찬이 뭐만 하면 기승전한정훈이라며 한정훈에게 엄지손가락을 들어 올릴 정도였다.

하지만 한정훈은 자신을 공공의 적으로 만드는 분위기가 전혀 달갑지 않았다.

"승혁 선배, 그냥 전 빠지면 안 될까요?"

한정훈이 걸음을 멈췄다. 그러자 최주찬이 말도 안 된다며 펄쩍 뛰었다.

"지금 이 분위기에서 네가 빠진다고? 그게 가능하다고 생각해?"

"형은 좀 가만있어 봐요. 나 이러다가 전학 가게 생겼다고요."

"네가 전학을 왜 가냐. 실력도 없으면서 후배나 질투하는 놈들이 가야지. 안 그래?"

"그건 주찬이 말이 맞아. 네가 전학 갈 일은 없으니까 안심해라."

강승혁이 걱정할 것 없다며 웃었다. 그러고는 뒷걸음질을 치려는 한정훈의 왼팔을 단단히 붙들었다.

"주찬! 끌고 가자."

"오케이!"

"자, 잠깐만요!"

"어허! 어디서 앙탈이야!"

"앙탈이 아니라 부실에 핸드폰 놓고 온 거 같아요!"

"이게 어디서 약을 팔아? 너 아까 안주머니에 핸드폰 넣는 거 봤거든?"

"그래, 정훈아. 기왕 이렇게 된 거 협조하자. 형들도 모처럼 좀 쉬어 보게. 안 그래, 주찬?"

"아무렴. 주장 말은 언제나 옳지."

모처럼 쿵짝이 맞은 강승혁과 최주찬은 싫다는 한정훈을 기어코 병원까지 끌고 갔다. 설사 큰 부상이 아니라 하더라도 김운태 감독이 검사를 해보라고 지시한 만큼 무조건 따라야 했다.

"저…… 진찰은 안 받으면 안 돼요?"

"거, 여기까지 온 거 그만 좀 하지?"

"주사 맞는 거 싫단 말이에요."

"덩치에 어울리지 않게 엄살은. 인마, 별일 없을 거니까 안심해. 설마 고것 조금 넘어진 걸로 주사 맞기야 하겠냐?"

"그렇겠죠?"

"그럼, 인마. 그리고 넌 엉덩이 커서 주사바늘 들어가지도 않아."

최주찬은 금방 끝날 거라며 한정훈을 안심시켰다.

하지만 김운태 감독으로부터 잘 챙겨달라는 당부 전화까지 받은 김성만 원장은 엑스레이 촬영까지 마친 뒤에야 한정훈을 풀어주었다.

"미세하게 염증 소견이 있는 것 같긴 하지만 심한 건 아니니까 약 먹어 보고 불편하면 다시 와요. 알았죠?"

"네, 알겠습니다."

"그럼 모처럼 훈련 빠지고 나왔을 테니 놀다 들어가요. 감독님께는 물리치료 좀 받고 가라고 했다고 말할 테니까."

김성만 원장이 웃으며 말했다. 그러자 강승혁과 최주찬은 기다렸다는 듯이 한정훈을 잡아끌고 피자집으로 들어갔다.

"형, 저 다이어트 중이에요."

"너한테 사라고 안 할 테니까 닥치고 먹어."

"그럼 누가 사는데요?"

"그야 당연히 잘난 주장님이 사셔야지. 안 그래?"

최주찬이 계산을 강승혁에게 떠넘겼다. 더치페이의 욕구와 주장의 체면 사이에서 고심하던 강승혁은 그냥은 쏠 수 없다며 조건을 달았다.

"대신 정훈아, 그거 어떻게 한 건지 말해줘."

"어떤 거요?"

"아까 홈으로 뛴 거."

"아……. 그거요?"

"주찬이 말 들어보니 벤치에서 작전이 나온 것도 아니던데……. 뭐야? 네가 주력에 자신이 있어서 뛴 건 아닐 테고.

내가 무슨 허점이라도 보였냐?"

강승혁은 자타가 공인하는 현 고교리그 최고의 타자였다. 타격적인 재능은 말할 필요도 없고 주루 센스에 수비적인 안정감까지 갖춰 완성형 선수로 평가받고 있었다.

강승혁도 내심 수비에 대한 자부심이 있었다. 4번 타자이기에 앞서 고교 야구 최고의 1루수라는 수식어에 애착을 가졌다. 김운태 감독 역시 수비 동작을 조금만 다듬는다면 당장 프로 1군에서 뛸 수 있을 거라며 강승혁을 독려했다.

하지만 오늘 경기에서 다른 사람도 아닌 한정훈에게 태그 업 플레이를 허용하면서 강승혁의 자신감은 한 풀 꺾여 있었다.

조금 전에 보여주었던 한정훈의 과감한 홈 질주는 뭔가 확신이 없이는 불가능해 보였다.

강승혁은 어쩌면 자신도 모르는 치명적인 문제점을 한정훈이 간파했을지 모른다고 여겼다. 정말로 수비적인 아쉬움이 존재하고 그게 들통난 거라면 프로에 가기 전에 어떻게든 고치고 싶었다.

"승혁 선배님 수비는 최고예요."

"아부하지 말고, 인마."

"정말이에요. 전 더그아웃에서 매번 승혁 선배님만 보는데요?"

"이런 바람직한 자식 같으니. 너 이제부터 선배라고 하지 말고 형이라고 해."

"정말…… 요?"

"그래. 대신 이번엔 제대로 말해줘. 나 지금 진지하다."

강승혁이 한정훈의 두 눈을 똑바로 바라봤다.

"넌 인마 나한테는 쓴소리 잘만 하면서 왜 승혁이한테는 말을 못 하냐?"

최주찬도 궁금했던지 불쑥 끼어들었다.

"하아……. 진짜 별거 아니에요."

"그러니까 말해봐. 그 별거 아닌 게 뭔지."

"오늘 제가 홈으로 뛴 건…… 승혁 선배가 수비를 잘해서예요."

"자식이, 형이라고 하라니까. 그리고 좋은 말도 계속 들으면…… ."

"그게 아니라 승혁 선배, 아니, 승혁이 형이 너무 의욕적으로 수비를 해서 틈이 생긴 거라고요."

"그러니까 너무 의욕적인 게 문제라고?"

강승혁이 잠시 당황했다. 설마하니 열심인 게 문제일 줄은 전혀 예상하지 못한 얼굴이었다.

"좀 더 자세히 말해봐."

최주찬도 이해가 가지 않는다는 표정을 지었다.

하지만 그렇다고 한정훈을 무시하진 않았다. 지난 두어 달간 한정훈의 지적은 늘 옳았고 조언은 효과적이었다. 이번에도 한정훈이 틀린 말을 하지 않을 거라 여겼다.

"그러니까 아까 그 공은 승혁이 형이 아니라 병태 선배가 잡는 게 나았어요. 승혁이 형이 잘 쫓아가긴 했지만 역동작으로 잡을 수밖에 없는 타구였죠."

"병태가 잡으면 좀 늦을 것 같다고 여겼는데?"

"아뇨. 그건 병태 선배가 승혁이 형 보고 속도를 늦춰서 그런 거고요. 승혁이 형이 포기했다면 병태 선배가 어떻게든 처리했을 거예요. 병태 선배도 승혁이 형 못지않게 수비 범위가 넓으니까요."

"흠……. 일단 그건 인정. 다시 생각해 보니 병태가 잡는 게 조금 더 안정적이었을 것 같다. 그런데 내가 잡지 말았어야 할 이유는 그게 전부야?"

강승혁이 고개를 주억거렸다. 2사도 아니고 1사 상황에서 한정훈이 뛰지 않을 거란 확신도 없는데 무리해서 역동작으로 공을 잡을 필요는 없었을 것 같았다.

하지만 고작 그 이유만으로는 한정훈의 저돌적인 플레이를 온전히 설명하기 어려웠다.

"숨기지 말고 다 털어 놔, 인마. 승혁이도 나만큼이나 뒤끝 없는 놈이니까."

강승혁을 대신해 최주찬이 한정훈의 옆구리를 쿡 찔렀다. 경험상 한정훈의 속내를 들으려면 이런 식으로 밑밥을 깔아

놓아야 했다.

"그래, 정훈아. 다 털고 우리 피자 맛있게 먹자."

강승혁이 피자를 미끼삼아 한정훈을 유혹했다. 1절만 해야겠다고 마음먹었던 한정훈도 주방에서 넘실넘실 넘어온 피자 굽는 냄새를 맡고는 이내 침을 꼴깍 삼켰다.

"승혁이 형은 왼손잡이에요. 그렇죠?"

"그렇지."

"그럼 왼손잡이가 던지는 공은 어느 쪽으로 휠까요?"

"페이드를 말하는 거라면 왼쪽이겠지?"

"이번에 송구할 때 어딜 겨냥하셨어요?"

"송구가 약간 왼쪽으로 휠 걸 감안해서 홈플레이트 오른쪽을 봤던 거 같은데?"

"그건 어디까지나 형이 완벽한 송구 밸런스를 갖췄을 때의 이야기죠. 형은 역동작으로 공을 잡은 다음에 몸을 돌려서 공을 던졌어요. 그 과정에서 공이 3루 쪽으로 크게 치우친 거고요."

"흠……."

강승혁이 길게 신음했다. 생각해 보니 급한 마음에 정승일의 위치도 파악하지 않고 감으로 공을 던졌던 것 같았다.

"그러니까 네 말은, 승혁이가 다급히 공을 던져서 송구 실수가 나온 거다, 이거야?"

최주찬이 정리하듯 끼어들었다.

하지만 한정훈은 그것만으로는 부족하다며 고개를 저었다.

"솔직히 승혁이 형의 송구는 비교적 정확했어요. 수비 연습을 게을리 하지 않았으니 밸런스가 흐트러진 상황에서도 홈 플레이트 쪽으로 향한 거죠. 하지만 돌발 상황에 대한 대처는 조금 부족했다고 봐요. 제 걸음이 빠르지 않다는 걸 감안해서 한 박자 쉬고 자세부터 잡은 뒤 정확하게 송구를 하려고 노력했다면 어땠을까요?"

"흠……. 솔직히 여유를 부릴 상황은 아니었으니까 네 말대로 해도 널 잡지는 못했을 것 같은데?"

"대신 지승 선배가 3루까지 가는 일은 없었겠죠."

"아……. 그렇네."

강승혁이 고개를 주억거렸다.

결국 핵심은 실수를 줄이는 것이었다. 늦었다고 판단되면 홈 송구를 포기해도 좋았을 텐데 괜히 욕심을 부리다 역전 주자를 3루까지 가게 만들어 버렸다.

그러나 최주찬은 그 정도로 만족하지 않았다.

"서론은 거기까지 하고 본론 꺼내 봐. 있잖아. 방법. 그 상황에서 널 잡을 수 있는 방법."

"에이, 형. 그런 거 없어요."

"뻥치지 말고, 인마. 너 자꾸 그러면 나 화장실 가버린다?

승혁이랑 어색하게 단 둘이 있어 볼래?"

최주찬이 유치찬란한 협박을 늘어놓았다. 속으로 코웃음을 치던 한정훈도 강승혁의 부리부리한 시선을 받고는 이내 본론을 털어놓았다.

"가장 좋은 방법은 승혁이 형이 송구를 준비하고 수비 자세를 잡는 거예요."

"타구를 향해 한 발 더 빨리 뛰란 거지?"

"네, 이론적인 이야기이긴 하지만 승혁이 형이 타격과 동시에 움직였다면 조금 더 여유롭게 공을 잡았을 테고 송구할 때 밸런스가 유지됐을 테니 제가 홈에서 죽을 가능성도 높아졌 겠죠."

"혹시 이론적이지 않은 방법도 있는 거냐?"

"이건 좀 창의적인 발상이긴 한데…… 아마 주찬 선배는 그 방법을 알 거예요."

"내가? 난 모르겠는데?"

"유격수나 2루수에게도 비슷한 경우가 있잖아요. 깊숙한 코스의 공을 건져내기는 했는데 송구하기에는 자세가 불안하고 타자 주자 발은 느리고 때마침 근처에 다른 동료가 있다면……."

"아, 송구 대신하는 거?"

"네. 승혁이 형, 아까 공을 잡을 때 그 앞에 누가 있었는지 기억해요?"

"병태가 보이던데?"

"만약 승혁이 형이 공을 잡고 곧바로 병태 선배한테 공을 건넸다면 어땠을까요. 병태 선배는 내가 뛰는 걸 봤을 테고 홈 플레이트 쪽으로 달려들어 오는 중이었으니까 승혁이 형보다 는 송구를 하기 편하지 않았을까요?"

"……내가 그 생각을 못 했네."

강승혁이 다시 한번 고개를 주억거렸다.

얼핏 들으면 허황된 이야기 같겠지만 가능성은 충분했다. 오늘 같은 상황에 대비해 주변 야수들과 플레이를 맞춰 놓는 다면 실제 경기에서도 얼마든지 사용할 수 있었다.

"진짜 넌 이런 거 어디서 배우는 거냐?"

최주찬이 혀를 내둘렀다. 생긴 건 수비에 수자도 모를 것 같은 한정훈이 매번 기발한 플레이를 꺼낼 때마다 감탄이 절로 나왔다.

"그냥 야구 잘 아는 형이 있어요."

한정훈은 이번에도 그럴 듯한 말로 넘어갔다. 그렇다고 과 거 십여 년산 프로 생활을 해왔다고 이실직고할 수는 없는 노 릇이었다.

때마침 피자가 나왔다.

"자, 먹자!"

"야! 주찬! 피자 겹쳐 먹지 마, 인마!"

"정훈이 피자 돌려 먹는 건 안 보이냐?"

"정훈이는 괜찮은데 넌 안 돼, 인마! 적당히 먹어!"

"쳇! 치사한 놈. 내가 절반 보태마. 됐지?"

"우리 주찬이 배고팠지? 많이 먹어~"

여느 때처럼 티격태격 거리는 강승혁과 최주찬 사이에서 한정훈은 기죽지 않고 꿋꿋이 피자를 해치워 나갔다. 다이어트 중이긴 하지만 선배들이 공짜로 사주겠다는 피자를 마다하는 것도 못할 짓 같았다.

"정훈아, 많이 먹어라."

"필요하면 더 시키고."

강승혁과 최주찬도 한정훈을 말리지 않았다. 오히려 한정훈이 먹어봐야 얼마나 먹겠냐는 생각에 선심 쓰듯 계속해서 피자를 주문해 주었다.

그 결과.

"불고기 피자 3판에 슈퍼 슈프림 3판, 베이컨 감자 4판 전부 패밀리 사이즈 맞으시죠?"

"아마도요?"

"다 해서 총 29만 9천 원입니다."

"헐……."

"참고로 음료와 스파게티 가격은 빼드렸습니다."

"……."

피자 한 번 먹다 지갑을 탈탈 털어야 하는 비극을 맞이하고
말았다.

5장
황금사자기

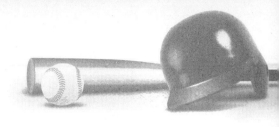

.1

이틀 뒤.

"떴다! 떴어!"

야구부실 게시판에 황금사자기 출전 명단이 공지됐다.

점심을 먹고 복귀하던 선수들은 앞다투어 게시판으로 달려
갔다. 한정훈도 그 행렬에 동참하고 싶었지만 강승혁과 최주
찬이 잡아 말렸다.

"야, 어딜 가려고?"

"출전 선수 명단 확인해야죠."

"넌 안 가도 명단에 있을 테니까 호들갑 떨지 마."

"그래도……."

"너 괜히 갔다가 탈락한 놈들한테 한 소리 듣는다? 그래도 좋다면 가고."

최주찬이 짓궂게 굴었다. 그러자 강승혁이 그만하라며 최주찬의 등을 때렸다.

"넌 왜 틈만 나면 정훈이 못 잡아먹어서 안달이냐?"

"이럴 때 보면 얄밉잖아."

"뭐가?"

"솔직히 청백전 성적만 보면 정훈이가 최고 아니냐? 그런데 이 녀석이 명단을 굳이 확인해야겠다면 우린 뭐가 되냐?"

"생각해 보니 그렇네. 뭐야, 정훈. 정말 그런 의도로 한 말이었냐?"

"승혁이 형까지 그러면 어떻게 해요."

"그렇지? 그런 거 아니지?"

"주찬이 형 이간질이 어디 하루 이틀인가요."

"와, 이 자식 보게? 승혁이랑 형동생 먹었다고 나는 안중에도 없다 이거지?"

"그러게 왜 자꾸 괴롭혀요?"

"이게 괴롭히는 거냐? 애정 표현이지?"

한정훈과 최주찬이 티격태격 하는 사이 안시원이 다가왔다.

"시원아, 명단 확인했나?"

"네. 뭐 별거 없던데요."

"그래?"

"사실 25인 명단은 거의 확정된 거였잖아요. 문제는 누가 주전으로 출전하느냐는 거죠."

지난 네 차례 자체 청백전에서 주전 명단(A팀과 B팀).에 한 번이라도 포함된 이들은 총 32명이었다. 그중 19명은 후보 그룹(C팀과 D팀).으로 내려가지 않고 자리를 지켜냈다. 그렇다 보니 이미 19자리는 확정됐다는 의견이 많았다.

남은 6자리를 두고 경쟁이 치열하겠지만 주전 자리가 확실한 이들이 추가로 합류하는 6명에게 큰 의미를 부여할 필요는 없었다.

하지만 한정훈은 자신이 1학년이라는 게 신경 쓰였다.

"시원이 형, 야수는 몇 명이에요?"

"17명이던데?"

"순수하게 야수만요?"

"감독님이 이번에 투수들은 타격 안 시킨다고 하셨잖아. 그러니까 17명이 전부라고 봐야지."

17명의 타자 중 선발로 출전할 수 있는 숫자는 9명이었다. 나머지 8명은 벤치에서 몸을 달구며 기회가 오기만을 기다려야 했다.

한정훈은 지명타자 요원으로 황금사자기에 합류했다. 자체 청백전에서 4할이 넘는 고타율(9타수 4안타. 0.444).과 1.3이 넘는 가공할 만한 OPS(출루율 0.583, 장타율 0.777).를 기록하며 타자 중 가장 좋은 타격 성적표를 받았으니 누가 보더라도 지명타자 선발 출전이 유력해 보였다.

그러나 정작 한정훈은 자체청백전 성적에 만족하지 않았다. 체중 감량을 핑계로 수비 훈련도 제치고 타격 연습에만 열중했으니 그 정도 성적을 내는 게 당연하다고 여겼다.

게다가 김운태 감독은 다양한 작전을 활용하는 스타일이었다. 그만큼 선수 교체도 잦았다. 주전 중에서도 확실한 주전 몇 명을 제외하고는 고정된 타순도 없었다.

한정훈은 가능하다면 경기 마지막까지 교체되지 않고 뛰고 싶었다. 고교 야구의 지명타자 자리가 출전 선수의 수를 늘려 주는 하나의 옵션에 불과하다고는 하지만 대타 작전에 휘말려 허무하게 교체되고 싶진 않았다.

"너 혹시 중간에 교체될까 봐 그러냐?"

"뭐 꼭 그런 건 아니지만……."

"맞네. 맞아. 이 자식, 1학년이라고 엄살 부릴 때는 언제고 풀타임을 꿈꾼다 이거지? 진짜 골 때리는데?"

최주찬이 헛웃음을 흘렸다. 3학년인 자신들도 다른 3학년들을 위해 어느 정도 출전 시간을 양보할 마음이 있는데 1학년인 한정훈이 벌써부터 풀타임 출전을 욕심내니 그저 어처구니가 없었다.

하지만 강승혁은 한정훈이라면 충분히 그럴 자격이 있다고
여겼다.

"그게 뭐가 어때서? 선수라면 누구나 풀타임을 꿈꾸는 거
지. 안 그래?"

"그렇긴 하지만……."

"막말로 주찬이 너도 타격감 좋은데 다른 애들 때문에 쉬라
고 하면 기분 나쁘지 않겠냐?"

"뭐…… 하긴. 그렇네. 내 생각이 짧았네."

"그런 의미에서 네가 피자 사라."

"뭐, 인마?"

"허, 뭐냐. 그 눈빛은. 피자 두 번 사라고 했다간 사람 치겠다?"

"지난번에 구멍 난 용돈 때문에 나 요즘 치킨도 못 먹고 있
거든?"

"야, 그건 나도 마찬가지야. 엄마한테 용돈 좀 달라 그랬더
니 여자 만나냐고 뭐라고 하시더라."

"넌 좀 만나, 인마. 너 그러다가 나중에 꽃뱀한테 물려간다."

"악담을 해라, 이 자식아."

"그런데 진짜 피자가 땡기긴 하는데……. 어떻게 하지? 시
원아, 너 돈 좀 가진 거 있냐?"

최주찬의 시선이 안시원에게 향했다. 그러자 안시원이 잠
시 눈알을 굴리더니 뒤도 돌아보지 않고 후다닥 도망쳤다.

"와, 저 치사한 놈. 그깟 피자가 얼마나 한다고."

"우리 지난번에 30만 원어치 먹은 거 소문 다 났거든?"

"젠장, 누구냐. 누가 소문낸 거냐."

"너, 인마. 너. 네가 정훈이가 피자 30만 원어치 먹었다고 떠들어댔잖아. 기억 안 나?"

"내, 내가 그랬나?"

"암튼 네가 벌인 일이니까 네가 책임져라."

"그래서 뭐? 나보고 사라고?"

"네가 살 게 아니면 물주라도 부르시든가."

강승혁이 씩 웃었다. 중간에서 가만히 듣고 있던 한정훈도 냉큼 고개를 주억거렸다.

"물주 좋네요. 물주."

"이 자식이! 이게 다 너 때문이잖아!"

"그러게 누가 나 팔아서 훈련 땡땡이 치래요?"

"암튼 이 얄미운 자식! 이번에 황금사자기 때 못 하기만 해 봐. 가만 안 둘 거야."

잠시 툴툴거리던 최주찬이 아버지에게 전화를 걸었다. 하지만 어렵사리 전화를 받은 아버지는 '아빠도 힘들어'라는 명언을 남기고 전화를 끊어버렸다.

"와, 진짜. 아빠 너무하네. 우리 아빠 맞는 거냐?"

최주찬의 아빠 찬스가 실패하자 강승혁이 고개를 흔들고는 어딘가로 전화를 걸었다.

"야, 아빠한텐 하지 마라."

"내가 너냐?"

잠시 후 핸드폰 너머로 낭랑한 목소리가 들려왔다.

−어머, 이게 누구야? 승혁이 아니야?

"네, 누나. 잘 지내셨어요?"

−그럼, 잘 지냈지. 그런데 무슨 일?

"괜찮으시면 예전에 하려던 인터뷰 오늘 하면 안 될까 해서요."

−인터뷰? 오늘은 시간 괜찮은 거야?

"네, 괜찮을 거 같아요."

−그래? 그럼 나야 좋지. 그런데 혼자 나오는 거니?

"그게…… 이번에 같이 주전으로 뽑힌 친구들 두 명 데려갈까 하는데 안 될까요?"

−두 명? 뭐, 그 정도쯤이야. 어디서 볼까?

"왠지 피자집이 좋을 거 같은데요."

−너 피자 먹고 싶어서 누나한테 전화했구나?

"꼭 그런 건 아니시만……."

−까짓것 누나가 쏜다. 니들이 먹어봐야 얼마나 먹겠니. 안 그래?

"그럼요. 저희 다 입 짧아요."

－그럼 장소랑 시간 찍어 문자로 보내.

"네, 누나. 감사합니다."

강승혁이 냉큼 전화를 끊었다. 그러자 최주찬이 기다렸다는 듯이 강승혁을 끌어안았다.

"예쁜 자식! 이 사랑스러운 자식!"

"저리 안 떨어지지?"

"이리 와! 어서 내 키스를 받으라고!"

"주둥이 안 집어넣어? 으앗! 입술에 침은 왜 바르는 건데?"

예전보다 더 철없이 구는 강승혁과 최주찬을 바라보며 한정훈이 고개를 흔들었다.

'그깟 피자가 뭐라고.'

그러나 막상 큼지막한 피자가 눈앞에 떡 하고 놓이자 한정훈은 언제 그랬냐는 것처럼 번개같이 손을 움직였다.

"야, 한정훈. 적당히 먹어."

"그래. 너 다이어트 중이잖아! 어렵게 뺀 거 다시 찔래?"

한정훈이 시동을 걸자 최주찬과 강승혁이 동시에 소리쳤다. 한정훈을 제때 말리지 못했다간 지난번처럼 누군가의 주머니가 탈탈 털릴 것만 같았다.

하지만 아무것도 모르는 배지연은 최주찬과 강승혁이 괜히 한정훈을 구박한다고만 여겼다.

"정훈이라고 했지? 이 누나가 사는 거니까 많이 먹어."

"네, 누나."

"그런데 너 정말 대단하다. 1학년인데 어떻게 주전으로 뽑힌 거야?"

배지연이 눈을 반짝이며 물었다.

그러자 한정훈이 피자를 오물거리며 말했다.

"그냥 운이 좋았어요."

"운도 실력이지. 그리고 지금 감독이 김운태 감독님이시잖아. 선수 보는 눈이 얼마나 깐깐하신데."

김운태 감독은 프로 구단에서 해마다 러브콜을 받을 만큼 확실한 지도력을 갖춘 아마추어 최고의 지도자였다. 국가대표 감독도 네 차례나 역임했다. 지나치게 독선적인 지도 스타일을 못마땅해하는 이들조차 김운태 감독의 능력에 대해서는 감히 왈가왈부하지 못할 정도였다.

그런 김운태 감독이 1학년인 한정훈을 주전으로 기용하기로 결정을 내렸다는 건 대형 선수로 성장할 자질을 갖췄다는 소리나 다름없었다.

"우리 정훈이, 포지션이 어디야?"

"본래 1루였어요."

"그래? 그럼 승혁이하고 같은 포지션이네?"

"하지만 살 뺄 때까지는 지명타자로 나설 거 같아요."

"누나가 보기엔 그렇게까지 뚱뚱한 것 같지는 않은데?"

"지금 10kg 정도 빼서 그래요. 예전에는 못 봐줄 정도였어요."

"그래도 무리해서 살을 뺄 필요는 없다고 봐. 이대오 선수하고 김태윤 선수를 봐. 그 체격에 얼마나 야구를 잘하니?"

한정훈만큼이나 비대한 체격을 자랑하는 이대오와 김태윤은 대한민국을 대표하는 타자들이었다. 이대오는 한창 때 도루를 제외한 타격 7관왕을 기록했고 김태윤은 KBO 통산 출루율 1위를 달리고 있다(500경기 이상 기준).

배지연은 한정훈이 지나치게 살을 빼야 한다는 강박감에 빠져 있는 것은 아닐까 걱정했다. 물론 적당한 체격을 유지하는 것도 좋겠지만 재능이 충분하다면 뚱뚱한 건 큰 문제가 되지 않을 것 같았다.

그러자 강승혁이 서운하다는 얼굴로 끼어들었다.

"누나 작년에는 나한테 살 좀 빼야겠다면서요."

"내가 그랬나?"

"그랬어요. 제가 발목이 좀 시원찮다니까 살을 빼면 좋아질 거라고 했잖아요."

"그땐 네가 지나치게 몸을 키워서 그랬던 거고. 정훈이는 다르지. 어차피 고생하다 보면 살은 자연히 빠질 텐데 벌써부터 그런 걸로 고민할 필욘 없잖아. 안 그래?"

배지연의 시선이 다시 한정훈에게 향했다. 처음에는 그저 귀엽게만 보였는데 말하는 걸 보니 야구도 야무지게 잘할 것 같았다.

'승혁이 처음 봤을 때도 이 정도는 아니었는데…….'

배지연은 자연스럽게 강승혁과 한정훈을 비교했다.

강승혁도 서린 고등학교 입학 때부터 최고의 유망주 소리를 들어왔다. 전임 감독이던 최성환 감독이 강승혁을 데려오기 위해 삼고초려를 했다는 이야기가 나돌 정도였다.

하지만 그 대단한 강승혁도 1학년 초부터 주전으로 뛰진 못했다.

강승혁이 전국 대회에 데뷔한 건 1학년 말, 9월 즈음이었다. 드래프트를 통해 3학년들의 행선지가 정해지면서 협회장기부터 백업 선수로 기록지에 이름을 올렸다.

주전 1루수 자리를 차지한 건 2학년 여름 무렵이었다. 그전까지는 지명타자 타순에서 타격 실력을 뽐내야 했다.

배지연은 개인적으로 강승혁의 전국 대회 데뷔가 늦었다고 생각했다. 쟁쟁한 3학년들 속에서 1학년인 강승혁이 주전 자리를 차지하기란 쉽지 않겠지만 알게 모르게 3학년을 챙겨 준 최성환 감독이 아니었다면 조금 더 일찍 전국 대회에 모습을 드러낼 수 있었을 것이라고 여겼다.

그러나 김운태 감독 체제에서 강승혁이 1학년 초부터 주전으로 뛸 수 있을지에 대해서는 판단이 서질 않았다.

중학교 시절 강승혁은 미완의 대기였다. 힘은 좋지만 정확도가 떨어지고 변화구에 약하다는 약점을 분명하게 가지고 있었다.

수비에서도 잔 실수가 많아서 경기 중에 일부러 1루 쪽으로 기습 번트를 대는 타자들도 나올 정도였다.

기본기를 중요하게 여기는 김운태 감독의 스타일상 강승혁이 곧바로 주전으로 발탁될 가능성은 낮아 보였다. 오히려 1년간 혹독하게 가르친 뒤 최성환 감독보다 늦게 전국 대회에 선을 보였을 것 같았다.

그런 점에서 배지연은 한정훈 쪽으로 자꾸 눈이 갔다. 한정훈이 알게 모르게 피자를 흡입해서가 아니었다.

다른 사람도 아닌 김운태 감독이 뚱뚱해서 수비조차 되지 않는 1학년 신입 선수를 주전으로 발탁했다.

그 기본적인 사실 속에 내포된 대박의 가능성은 현 고교 최고 유망주라 불리는 강승혁을 가볍게 뛰어넘고 있었다.

"정훈아, 이제 배 좀 부르니?"

"아니요. 이제 시작인데요."

"그럼 먹는 김에 누나하고 인터뷰 하나 할까?"

"인터뷰요?"

"그래, 인터뷰. 물론 지금 당장 기사로 실을 건 아냐. 하지만 네가 언제고 전국 대회에서 크게 활약하면 그때 오늘 인터뷰를 기사로 낼 생각인데, 어때?"

"음……. 피자 좀 더 시켜도 돼요?"

"그럼, 맘대로 시켜. 우리 귀여운 정훈이가 먹어봤자 얼마나 먹겠어."

배지연이 가방에서 녹음기와 수첩을 꺼내 들었다. 본래 황금사자기를 앞두고 최고의 고교 스타로 발돋움할 가능성이 높은 강승혁을 사전 취재하러 온 것이지만 한정훈과의 최초 인터뷰를 놓치고 싶지 않았다.

"본명이 한정훈 맞지?"

"네."

"한자하고 영어로는 어떻게 쓰는데?"

"그게……."

최주찬은 부러운 눈으로 한정훈이 인터뷰하는 모습을 바라봤다. 강승혁도 입맛이 떨어진 듯 들고 있던 피자 조각을 내려놓았다.

"야, 우리 잘해야겠다."

"그러게. 이러다 정훈이한테 밀리겠어."

조금 전까지만 해도 강승혁과 최주찬은 한정훈을 야구 잘하는 좋은 동생으로만 생각했다.

그러나 한정훈이 배지연의 관심을 독차지하는 모습을 보자 생각이 달라졌다.

아마 야구계에서 배지연은 촉의 여신이라 불렀다. 그녀가 인터뷰하는 선수들마다 1차 지명이나 2차 1라운드 지명을 받았다. 그래서 항간에는 억대 계약금을 받을 선수들만 배지연과 인터뷰할 수 있다는 말들이 나돌 정도였다.

그런 배지연이 서린 고등학교에 올라온 지 얼마 되지 않은 한정훈을 인터뷰하고 있었다. 먼 미래를 위한 보험이라는 핑계를 댔지만 그 어느 때보다 적극적인 배지연의 모습을 보니 이번 황금사자기의 라이징 스타로 한정훈을 점찍은 게 틀림없어 보였다.

'그렇게 놔둘 순 없지.'

강승혁이 콜라를 들이켰다. 좋은 동생인 걸 떠나 경쟁자로써 한정훈이 치고 올라오는 걸 두고만 볼 수는 없는 노릇이었다.

'나도 분발해야겠어.'

최주찬도 싸늘히 식은 피자를 씹어댔다. 입 안 가득 채워지는 퍽퍽한 밀가루의 맛이 꼭 자신의 삶을 대변해 주는 것 같았다.

2

제70회 황금사자기는 목동 구장과 산월 야구장에서 치러졌다.

이번 황금사자기 본선에 초청받은 팀은 총 36개 팀. 이 중 8개 팀이 6일과 7일 이틀간 1라운드 경기를 가졌다.

고교 최강이라 불리는 서린 고등학교는 서울 예선을 1위로 통과한 뒤 부전승으로 2라운드에 안착했다. 그리고 5월 9일, 황금사자기 첫 상대로 강원도의 명문 강은 고등학교를 상대하게 됐다.

"오늘 선발은 민찬기다."

경기 전 김운태 감독은 선발 투수로 3선발인 민찬기를 낙점했다. 강은 고등학교가 콜드 게임을 기대할 만큼 만만한 상대는 아니지만 대회 초반부터 에이스인 김진태나 2선발 김성찬을 쓸 필요는 없다고 판단한 것이다.

덕분에 타자들의 부담이 커졌다. 현실적으로 1학년인 민찬기에게 기대할 수 있는 최선은 5이닝 3실점 전후. 불펜의 추가 실점까지 감안했을 때 오늘 경기를 잡기 위해서는 타자들이 최소 7점 정도는 뽑아줘야 할 것 같았다.

'이러다 오늘 경기 출전 못 하는 거 아냐?'

한정훈은 내심 불안했다. 경기 초반 다득점을 위해 김운태 감독이 지명타자 자리에 최경민을 투입할지도 모른다고 여겼다.

하지만 김운태 감독은 한정훈을 지명타자 겸 3번 타순에 배치하며 굳건한 신뢰를 보여주었다.

"올~ 정훈이, 3번이네?"

"그러게. 이거 내 타점 정훈이가 다 빼앗아가는 거 아니냐?"

"아니지. 정훈이가 선구안이 좋으니까 오히려 너한테는 이득 아니냐?"

"그건 너무 낙관적인 생각이고. 최악의 경우 땅볼 나올 때도 감안해야지."

"암튼 너하고 정훈이가 있으니까 들어오는 건 별문제 없겠네."

"기왕이면 내가 칠 때 들어와. 명색이 4번 타자인데 정훈이보다 타점이 적으면 그렇잖아."

"짜식, 그런 건 피자라도 사면서 부탁해야 하는 거 아니냐?"

"콜, 오늘 네가 타점 2개 올려주면 피자 쏜다."

최주찬과 강승혁은 한정훈의 3번 타순 배치를 반겼다. 하지만 다른 선수들은 김운태 감독의 파격적인 결정에 불만을 드러냈다.

"정훈이가 3번이라고? 감독님 제정신인 거야?"

"찬기에 정훈이에 진짜 오늘은 뭐 하자는 건지 모르겠다."

"이러다 1학년 놈들 때문에 강은 고등학교한테 깨지는 거 아냐?"

"그랬단 봐. 내가 가만 안 있을 테니까."

2학년과 3학년들의 날선 시선이 한정훈과 민찬기를 향했다. 그러자 지레 겁을 먹은 민찬기가 한정훈을 물고 늘어졌다.

"정훈아, 지금이라도 감독님께 바꿔달라고 하는 게 좋지 않을까?"

"그 이야기를 왜 나한테 하는데?"

"너도 1학년이잖아. 분위기가 좋지 않으니까 그냥 오늘은 같이 쉬자. 응?"

민찬기는 선배들의 감정을 상하게 하면서까지 선발로 던지고 싶은 마음이 없었다.

하지만 지난 두 달 동안 질릴 만큼 눈칫밥을 먹어 온 한정훈은 생각이 달랐다.

"너 감독님이 매번 하시는 말씀 잊었냐?"

"무슨 말씀?"

"뱃심 좀 키워, 인마. 무슨 사내 자식이 해보지도 않고 도망치려 그러냐?"

"내, 내가 언제 도망쳤다고 그래?"

"지금 네가 그러고 있잖아. 말이 좋아 선배들한테 양보하자는 거지. 너 지금 혹시라도 오늘 경기 망칠까 봐 겁먹은 거잖아. 아니야?"

"그런 거 아니거든?"

"아니면 보란 듯이 보여줘 봐. 감독님의 판단이 틀리지 않았다는 걸 모두에게 증명해 보이라고."

"쳇! 두고 봐, 너."

민찬기는 바짝 약이 오른 얼굴로 마운드에 올랐다. 그리고 1회 초를 삼자범퇴로 돌려세우고 이닝을 끝마쳤다.

"거 봐. 이 악물고 하면 잘하잖아."

한정훈이 피식 웃으며 방망이를 집어 들었다. 동기인 민찬기가 잘 던져줬으니 이제는 자신이 뭔가를 보여줄 차례였다.

"주찬이 형, 안타 하나 쳐요."

타석에 들어선 최주찬을 향해 한정훈이 소리쳤다.

"걱정 말고 넌 타점 올릴 준비나 해라."

최주찬이 자신만만한 얼굴로 타석에 들어섰다.

하지만 강은 고등학교 에이스 조재석은 그리 만만한 투수가 아니었다.

따악!

원 스트라이크 원 볼 상황에서 최주찬이 바깥쪽으로 흘러 들어오는 슬라이더를 과감하게 잡아당겼지만 타구는 유격수 정면으로 굴러가고 말았다.

"젠장할!"

간발의 차이로 1루에서 아웃된 최주찬이 입술을 깨물며 더그아웃으로 몸을 돌렸다.

"슬라이더 어땠어요?"

한정훈이 대기 타석으로 들어가며 말을 걸었다.

"생각보다 더 떨어지는 느낌이야."

"떨어진다고요?"

"한번 쳐봐. 그럼 무슨 소리인지 알 거야."

최주찬이 굳은 얼굴로 말했다. 표정을 보아하니 충분히 칠 수 있는 공을 놓쳤다고 생각하는 것 같았다.

'타이밍은 나쁘지 않았는데 먹힌 타구라. 그렇다면 공 끝의 움직임이 상당하다는 이야기인데.'

한정훈의 시선이 마운드로 향했다. 까다로운 최주찬을 3구 만에 범타로 돌려세워서일까. 조재석의 입가에는 웃음이 걸려 있었다.

'민호 선배, 좀 오래 봐줘요.'

한정훈은 속으로 송민호를 응원했다. 최주찬과 강승혁처럼 친한 사이는 아니지만 같은 좌타자이자 테이블 세터로서 조재석을 곤란하게 만들어주길 기대했다.

그러나 송민호도 3구째 들어온 바깥쪽 슬라이더를 건드려 3루 앞 땅볼로 물러나고 말았다. 초구와 2구, 바깥쪽 낮게 들어간 포심 패스트볼에 투 스트라이크를 빼앗기면서 볼에 가까웠던 3구를 미처 골라내시 못했다.

"젠장할!"

송민호가 입술을 깨물며 더그아웃으로 몸을 돌렸다. 그 사이 한정훈이 천천히 타석으로 걸음을 옮겼다.

'이 녀석, 1학년이라고 했지?'

한정훈을 힐끔 보던 포수 장일호가 손가락을 움직였다.

구종은 포심 패스트볼.

그리고 코스는 몸 쪽.

사인을 확인한 조재석이 단단히 고개를 끄덕였다. 그러고
는 한정훈의 몸 쪽을 향해 빠르게 공을 내던졌다.

후앗!

조재석의 손끝을 빠져나간 공이 머리 뒤쪽에서 가슴 쪽으
로 날아들었다. 유리한 볼 카운트에서 몸 쪽 공을 노리고 있
었다면 놓치지 않고 방망이를 내돌렸겠지만 한정훈은 파워 포
지션에서 그대로 공을 흘려보냈다.

퍼억!

한정훈이 꿈쩍도 하지 않자 장일호가 팔을 쭉 뻗으며 공을
끌어내렸다.

하지만 구심은 눈에 뻔히 보이는 미트질에 속지 않았다.

"볼! 높았다."

구심의 단호한 목소리에 장일호가 쓴웃음을 흘렸다.

"후우……."

한정훈은 타석에서 한 발 물러나 3루 베이스 쪽을 바라봤
다. 3루 코치로 나선 안성민 코치는 별다른 주문이 없다며 건
성으로 수신호를 보낸 뒤 가볍게 주먹을 들어 보였다.

'마음대로 해보라 이거지?'

가볍게 고개를 끄덕이며 한정훈이 타석에 들어섰다. 그리고 초구 때보다 홈플레이트 쪽에 반 발자국 정도 붙어 섰다.

초구가 볼 판정을 받았으니 2구는 스트라이크가 들어올 가능성이 높았다. 그렇다면 확률상 바깥쪽이 유력했다. 실제 최주찬과 송민호를 상대로 조재석이 던진 몸 쪽 공은 단 하나에 불과했다. 나머지 다섯 개는 전부 바깥쪽으로 날아들었다.

하지만 조재석의 손끝을 빠져나간 공은 이번에도 한정훈의 몸 쪽을 날카롭게 파고들었다.

퍼엉!

묵직한 포구 소리가 귓등을 울렸다. 뒤이어 구심이 오른팔을 들어 올렸다.

"스트라이크."

조금 깊다는 생각이 들었지만 구심은 스트라이크를 선언했다. 장일호의 프레이밍을 떠나 몸 쪽 공을 후하게 잡아주려는 모양이었다.

"후우……."

타석에서 발을 빼며 한정훈이 조재석을 바라봤다. 몸 쪽을 좁혔는데도 몸 쪽 공이 들어왔다는 건 둘 중 하나였다.

자신을 무시하거나, 혹은 몸 쪽 제구에 자신 있거나.

어느 쪽이든 달갑지 않은 소식이었다.

'그래도 확실히 공은 좋네. 진태 선배 정도는 아니지만 성찬 선배보다는 묵직한 느낌이야.'

전광판에 찍힌 초구 구속은 144㎞/h. 2구 구속은 142㎞/h이었다. 구속만 놓고 보자면 서린 고등학교 2선발인 김성찬과 엇비슷했다.

하지만 홈플레이트 앞쪽에서의 움직임은 조재석의 공이 더 날카로웠다. 김성찬보다 조금 더 앞쪽에서 공을 놓는 듯한 느낌이었다.

게다가 조재석은 투구폼이 거칠었다. 던지는 폼만 놓고 보자면 와이번스의 좌완 에이스인 김광연을 연상케 했다.

'이번에도 몸 쪽으로 던질 수 있을까?'

가볍게 방망이를 휘돌린 뒤 한정훈은 다시 타석에 들어섰다. 그러면서 2구째보다 반 발자국 더 홈플레이트 쪽으로 달라붙었다. 살짝 무릎을 굽히면 무릎의 끝 부분이 타석 안쪽 라인에 걸칠 정도까지 몸 쪽 공간을 좁혔다.

자연스럽게 조재석의 눈매가 굳어졌다.

"저 자식 뭐야? 맞고서라도 나가겠다 이거야?"

조재석은 한정훈이 일부러 자신을 도발한다고 여겼다. 그래서 먼저 몸 쪽 공을 던지겠다는 사인을 냈다. 선배로서 겁도 없이 홈플레이트에 바짝 붙으면 어떻게 되는지를 똑똑히 가르쳐 줘야 할 것 같았다.

하지만 포수 장일호는 단호하게 고개를 저은 뒤 바깥쪽 공을 요구했다. 투 아웃을 잘 잡아놓고 1학년을 상대로 무리할 필요는 없다고 판단한 것이다.

"젠장, 왜 안 된다는 거야?"

조재석이 불만스럽게 투덜거렸다.

그러나 감히 장일호의 요구를 거절하진 못했다. 같은 3학년이긴 하지만 강원 지역 최고의 포수 유망주로 불리는 장일호의 리드는 절대적이었다. 공격력은 다소 떨어지지만 타자의 허를 찌르는 볼 배합은 중학교 시절부터 정평이 나 있었다.

'잔말 말고 던져. 이 녀석은 이 공 못 치니까.'

장일호가 바깥쪽으로 미트를 들어 올렸다. 한정훈이 홈플레이트에 바짝 붙어 서긴 했지만 초구와 2구 연속해서 몸 쪽 빠른 공을 보여줬으니 바깥쪽 공에 쉽게 방망이를 내밀진 못할 것이라고 여겼다.

"후우……."

잠시 열을 삭이던 조재석이 오른발을 차 올렸다. 그리고 장일호의 미트를 향해 이를 악물고 공을 내던졌다.

후앗!

조재석의 손끝을 빠져나간 공이 한복판을 지나 바깥쪽으로 흘러나갔다. 순간 장일호의 입가가 꿈틀거렸다. 예상했던 것보다 더욱 꽉 찬 공이 날아든 것이다.

'이건 절대 못 쳐!'

장일호가 확신하듯 왼팔을 쭉 뻗었다. 공이 스트라이크존을 벗어나지 못하도록 미리 마중을 나가 붙들어 놓을 생각이었다.

하지만 그보다 먼저 한정훈의 방망이가 움직였다.

후웅!

순식간에 허리를 빠져나온 방망이가 그대로 공을 걷어 올렸다.

따악!

제법 높게 솟구친 타구가 3루 쪽 파울라인을 따라 뻗어나갔다.

"젠장할!"

센터 쪽으로 치우쳐 수비를 했던 좌익수 고인규가 공을 쫓아 허겁지겁 내달렸다. 이대로 타구가 페어 지역에 떨어지면 최소 2루타였다.

그러나 고인규를 식겁하게 만든 타구는 마지막 순간에 파울라인을 살짝 넘어가고 말았다.

"아······. 또 이러네."

한정훈의 입가로 쓴웃음이 번졌다. 노리던 바깥쪽 포심 패스트볼이 들어온 것까지는 좋았는데 지나치게 흥분한 나머지 왼팔이 들리고 말았다.

"후우……."

한정훈은 애써 아쉬움을 삼켰다. 빠른 공에 제대로 대응하려면 스윙이 간결해야 했다. 지금처럼 바깥으로 돌아 나오는 스윙으로는 좋은 공이 들어와도 타이밍이 늦을 수밖에 없었다.

'흥분하지 말자, 한정훈. 이래서는 금방 교체되고 말 거라고.'

스스로를 달래며 한정훈이 다시 타석에 들어섰다.

볼 카운트는 투 스트라이크 원 볼.

투수에게 유리하게 변해 있었다.

'유인구를 하나 던져볼까?'

장일호는 몸 쪽으로 떨어지는 체인지업을 요구했다. 초구부터 내리 빠른 공만 던졌으니 홈플레이트 앞쪽에서 뚝 떨어지는 조재석 표 체인지업이 먹혀들 것 같았다.

조재석은 장일호의 요구대로 몸 쪽 낮은 코스로 공을 밀어넣었다.

하지만 한정훈은 방망이를 내밀지 않았다. 공 하나 정도 높아진 릴리즈 포인트를 보고 구종을 간파했기 때문이다.

'이 자식 봐라?'

제법 예리했던 조재석의 유인구에 한정훈이 반응하지 않자 장일호는 5구째 바깥쪽 포심 패스트볼을 요구했다.

코스는 3구 때와 거의 비슷했다. 다만 이번에는 유인구성 볼을 원했다.

'뭘 이렇게 어렵게 승부하는 거야?'

사인을 확인한 조재석이 미간을 찌푸렸다. 투 스트라이크 원 볼에서 1학년을 상대로 연속해서 유인구를 던져야 한다는 게 좀처럼 납득이 가질 않았다.

하지만 이번에도 조재석은 고개를 젓지 못했다. 장일호가 단단히 받쳐 든 미트를 보고 있자니 저곳으로 공을 던져 넣어야 할 것 같았다.

'제발 죽어라.'

입술을 질근 깨물며 조재석이 빠르게 투구판을 박찼다.

후앗!

조재석의 손끝을 빠져나간 공이 3구와 거의 유사하게 날아들었다. 타격 여부를 판단해야 하는 9m 지점까지는 스트라이크인지 볼인지 분별하기 어려웠다. 그래서 한정훈도 공을 쫓아 방망이를 끌고 나왔다.

'걸렸다!'

장일호가 씩 웃었다. 3구를 걷어냈을 때와 똑같은 스윙이라면 3구보다 바깥쪽으로 빠져 나가는 이번 공을 건드리지 못할 거라고 여겼다.

그러나 겨드랑이에 단단히 붙어 나온 한정훈의 방망이는 3구 때보다 빠르게 홈플레이트에 도착했다. 그리고 조금 더 앞쪽에서 정확하게 공을 후려쳤다.

따악!

묵직한 타격음과 함께 새하얀 공은 3루 파울라인을 따라 뻗어 나갔다. 정상 수비를 하고 있던 좌익수라면 일찌감치 포구를 포기하고 펜스 플레이를 준비할 만큼 잘 맞은 타구였다.

그러나 만약을 대비해 라인선상 쪽으로 대여섯 걸음을 옮겼던 좌익수 고인규는 타격과 동시에 스타트를 끊었다. 그러고는 빠른 발을 이용해 워닝 트랙 근처까지 쫓아가 기어코 한정훈의 타구를 붙들었다.

"으으! 저걸 잡다니!"

자리에서 벌떡 일어났던 최주찬이 머리를 감싸 쥐며 아쉬워했다.

"아깝다, 정훈아. 다음번엔 꼭 하나 쳐라."

대기 타석에 서 있던 강승혁도 좋은 타구였다며 한정훈을 위로했다.

"볼이었다. 알고 있지?"

김운태 감독도 한마디 건넸다. 타격은 좋았지만 굳이 볼을 칠 필요가 있었냐는 잔소리였다.

"노리던 공이었습니다. 다음부턴 주의하겠습니다."

한정훈이 가볍게 고개를 숙였다. 변명같이 들릴 수도 있겠지만 한정훈은 처음부터 바깥쪽 빠른 공을 노리고 타석에 들어갔다. 몸 쪽을 좁히는 대신 바깥쪽으로 공 하나나 두 개 빠지는 것까지는 때려내겠다고 마음을 먹고 있었으니 특별히 욕심을 부린 건 아니었다.

그러자 김운태 감독의 표정이 변했다. 애당초 김운태 감독은 한정훈이 강승혁 앞쪽에서 밥상을 차려주길 기대했다. 지나치게 공격적인 최주찬과 재능은 있지만 기복이 심한 송민호가 이번처럼 출루에 실패할 경우 한정훈이 침착하게 공을 골라내 주길 바랐다.

하지만 정작 한정훈은 3번 타자로서의 본분에 충실했다고 말하고 있었다.

2사에 주자가 없는 상황에서 중심 타자가 노려야 하는 건 누가 뭐래도 장타였다. 홈런이 나오면 더 좋겠지만 2루타 이상의 장타를 만들어내 상대 배터리를 흔들고 후속타를 통해 득점을 올릴 수 있는 발판을 마련해야 했다.

그런 점에서 보자면 한정훈의 타격은 나무랄 게 없었다.

"그래. 그렇다면 다음번에는 확실히 쳐라. 알았지?"

김운태 감독이 장난스럽게 한정훈의 뒤통수를 툭 때렸다.

"아, 네. 알겠습니다."

한정훈이 냉큼 뒷머리를 붙잡았다. 그 모습을 보며 송인수 코치가 웃음을 터뜨렸다.

"덩치는 산만 한 게 하는 짓은 앱니다."

"1학년이면 아직 애지. 어른인가?"

"그래도 저만하면 물건이지 않습니까?"

송인수 코치의 시선이 슬그머니 한정훈에게 향했다. 신체적으로 조금 더 성장해야 하고 기술적인 부분도 아직 배울 게 많았지만 야구를 대하는 한정훈의 마음가짐은 나무랄 데가 없었다. 주의 산만한 선수들을 가르치다 한정훈을 보면 흐뭇한 웃음이 떠나지 않을 정도였다.

"물건이니까 3번에 기용한 거 아닌가."

김운태 감독도 동의하듯 고개를 주억거렸다.

하지만 송인수 코치처럼 대놓고 한정훈을 편애하진 않았다. 그저 운동장을 바라보며 옅은 미소를 지었다. 만에 하나 오늘 경기를 강은 고등학교에 내주더라도 한정훈 하나만큼은 건져갈 수 있을 것 같았다.

그러나 한정훈을 비롯한 선수들은 황금사자기 첫 경기부터 강은 고등학교에게 발목 잡힐 생각이 없었다.

"스트라이크, 아웃!"

1회 초의 기세를 이어 민찬기는 3회까지 강은 고등학교의 공격을 단단히 틀어막았다. 2회와 3회 안타와 사사구를 하나 내주긴 했지만 후속 타자들을 범타로 돌려 세우며 무실점으로 피칭을 마쳤다.

1학년 민찬기가 호투를 펼치자 타자들도 분전했다. 2회 선두 타자 강승혁이 만들어낸 무사 2루 기회를 살려 선취 득점

을 올린 뒤 3회에도 박지승과 최주찬의 안타로 2사 주자 2, 3
루 기회를 만들었다.

그리고 한정훈의 두 번째 타석이 이어졌다.

"괜찮아, 저 녀석만 잡으면 돼."

다소 굼뜬 동작으로 타석에 들어서는 한정훈을 바라보며
조재석이 마음을 다잡았다. 한정훈만 잡아내면 강승혁까지
가지 않고 이 위기를 끝낼 수 있다고 생각하니 마음이 한결 편
해졌다.

하지만 포수 장일호는 한정훈을 만만하게 봐서는 안 된다
며 집중하라는 수신호를 보냈다.

"또 시작이네. 또 시작이야. 저놈의 훈장질."

조재석이 미간을 찌푸렸다. 이제 겨우 숨 좀 돌리나 싶었는
데 다른 사람도 아닌 포수가 잔소리를 해대고 있으니 다시 속
이 답답해졌다.

그러나 장일호도 괜히 조재석을 다그치는 게 아니었다.

2회 말 첫 타석에서 강승혁에게 펜스를 때리는 큼지막한 2
루타를 허용한 이후 조재석은 좀처럼 투구에 집중하지 못하
고 있었다.

강은 고등학교 에이스 조재석의 최대 강점은 빠른 공이 아
니라 정교한 제구 능력과 슬라이더에 있었다.

포심 패스트볼은 세컨드 피치인 슬라이더의 위력을 극대화

시키기 위해 던진다고 해도 과언이 아니었다. 그런데 강승혁에게 슬라이더를 얻어맞고 나서부터는 슬라이더 사인을 자주 거절했다. 강승혁의 기술적인 타격에 얻어걸린 감이 없지 않았는데도 조재석은 일찌감치 슬라이더를 포기해 버렸다.

그 때문에 또다시 실점 위기에 몰려 있었다.

장일호는 이 위기를 이겨내기 위해서라도 슬라이더를 적극적으로 던질 필요가 있다고 여겼다. 그래서 초구부터 몸 쪽 슬라이더 사인을 냈다.

하지만 조재석은 단호하게 고개를 저었다. 1학년이라 깔보는 한정훈에게도 슬라이더를 던질 자신이 없어진 것이다.

"저 겁쟁이 자식."

연거푸 고개를 흔들어대는 조재석을 보며 장일호가 무겁게 한숨을 내쉬었다. 정말 마음 같아선 비어 있는 1루를 채우고 다시 한번 강승혁과 승부를 하고 싶었다.

서린 고등학교가 자랑하는, 아니, 벌써부터 고교 최대어라 불리는 강승혁을 슬라이더로 잡아내고 조재석의 슬라이더가 그렇게 형편없는 공이 아니라는 걸 모두에게 알려주고 싶었다.

하지만 정말로 한정훈을 1루로 내보냈다간 조재석의 정신력이 먼저 무너져 버릴 것만 같았다.

'좋아, 일단 빠른 공으로 유인해 보자.'

장일호가 바깥쪽으로 미트를 들어 올렸다.

그러자 조재석이 망설이지 않고 재빨리 공을 내던졌다.

퍼엉!

낮게 지면을 스친 공이 장일호의 미트 속으로 빨려 들어
갔다.

그러나 한정훈은 미동조차 하지 않았다. 공은 조재석의 손
끝을 빠져나온 순간부터 낮았다. 몸 쪽도 아니고 바깥쪽 낮게
들어온 초구를 밸런스까지 무너뜨리며 걷어 올릴 필요는 없
다고 여겼다.

장일호가 마지막 순간에 미트를 끌어올려 봤지만 구심의
판정은 단호했다.

"볼. 낮았다."

장일호는 쓴웃음을 지으며 조재석에게 공을 돌려주었다.
그리고 한정훈을 힐끔 바라봤다.

'역시, 만만치 않은 놈이야.'

자신의 요구보다 낮게 들어오긴 했지만 앞선 타석에서 때
려냈던 바깥쪽 포심 패스트볼이었다. 첫 타석 때 그 공을 때
려내 장타를 만들어낸 타자라면 어떻게든 반응을 할 수밖에
없는 공이었다.

그러나 한정훈은 눈 하나 까딱하지 않았다. 스트라이크존
을 단단히 좁히고 들어오기라도 한 것처럼 스트라이드 도중

에 방망이를 멈춰 버렸다.

'더 이상 유인구는 위험하겠어. 일단 스트라이크부터 잡고 들어가자.'

장일호는 2구째 커브 사인을 냈다.

코스는 몸 쪽.

노리지 않고서는 쉽게 때려내기 어려운 공이었다.

스트라이크의 필요성을 알고 있던 조재석도 군말 없이 고개를 끄덕였다. 그리고 장일호의 미트를 향해 정확하게 커브를 집어넣었다.

"스트라이크."

구심이 가볍게 오른팔을 들었다. 한정훈도 군말 하지 않고 고개를 끄덕였다.

눈 뜨고 볼 카운트 하나를 잃긴 했지만 손해 보는 장사는 아니었다.

이번 타석 전까지 조재석의 투구수는 55구. 그중 커브가 7 개였다. 2회 강승혁에게 2루타를 맞은 이후로 7명의 타자를 상대하면서 커브를 하나씩 던졌다.

그래서 한정훈도 커브가 하나 정도는 날아들 것이라고 예상했다.

미완의 인 앤 아웃 스윙으로는 낙차 큰 커브를 정확하게 공략하기가 쉽지 않았다. 2사 이후 안타가 절실히 필요한 상황이라는 걸 감안하면 설사 스트라이크존으로 들어오더라도 가급적 건드리지 말아야 했다.

그런데 그 공이 원 스트라이크 이후가 아니라 첫 스트라이크를 잡기 위해 들어왔다.

'이제 던질 공은 없어. 슬라이더를 던지지 않을 거라면 포심, 아니면 체인지업이겠지.'

한정훈이 노림수를 가지고 타석에 들어섰다. 그런 줄도 모르고 장일호는 겁도 없이 바깥쪽으로 미트를 움직였다.

"후우……."

2루 주자를 잠시 응시하던 길게 숨을 고르던 조재석이 이내 투구판을 박차고 나갔다.

후앗!

조재석의 손끝을 빠져나간 공이 한복판을 지나 바깥쪽으로 빠져나갔다.

그 공을 한정훈이 놓치지 않고 그대로 받아쳤다.

따악!

방망이 중심에 정확하게 걸린 타구가 좌중간으로 쭉쭉 뻗어 날아갔다.

발이 빠른 중견수 이창민과 좌익수 고인규가 동시에 타구를 쫓아 달렸지만 둘 사이를 정확하게 갈라 버린 타구는 그대로 펜스까지 굴러갔다.

그사이 3루 주자 박지승과 2루 주자 최주찬이 여유롭게 홈을 밟았다. 한정훈도 종종걸음으로 2루까지 들어갔다.

고교 최강이라는 수식어가 어울리지 않게 한 점밖에 뽑아내지 못했던 서린 고등학교 더그아웃이 떠들썩해졌다.

반면 강호 서린을 상대로 잘 싸워왔던 강은 고등학교 선수들의 얼굴에는 절망감이 번졌다.

"저 녀석, 기어코 사고를 치는군."

2루에 나간 한정훈을 바라보며 강은 고등학교 신문희 감독이 무겁게 한숨을 내쉬었다. 한정훈이 첫 타석 때 바깥쪽으로 빠져나가는 포심 패스트볼을 결대로 밀어치는 걸 보고 여간내기가 아니라고 생각은 했지만 2사 2, 3루라는 중압감까지 이겨낼 줄은 미처 몰랐던 것이다.

솔직히 한정훈의 타구를 잡아낸 건 행운이 따른 결과였다. 앞서 나온 파울을 보고 고인규를 라인선상으로 옮겨놓지 않았다면 2루타로 이어졌을 것이다.

하지만 신문희 감독은 한정훈의 첫 번째 타석을 결과로 평가했다. 좌익수 플라이 아웃. 그래서 이번 타석 때 어렵게 승부하라는 지시를 내리지 않았다.

다음 타자는 앞선 타석에서 2루타를 때려낸 강승혁이었다. 한정훈을 내보내 2사 만루를 채워두고 4번 타자인 강승혁과 승부를 볼 만큼 조재석의 배포도 크지 않았다.

신문희 감독은 경기 경험이 부족한 한정훈이 첫 타석 때처럼 범타로 물러나 주길 바랐다. 내야로 타구가 구르면 높은 확률로 한정훈을 잡아낼 수 있었다. 외야로 공이 날아가도 마찬가지였다. 전국 대회를 대비해 발 빠른 외야수들을 선별했으니 앞서 강승혁이 때려냈던 큼지막한 장타가 나오지 않는 한 한정훈이 적시타를 때리긴 어려울 거라 여겼다.

'빗맞은 안타만 아니면 돼.'

신문희 감독은 최악의 경우 텍사스성 안타가 나올지도 모른다고 걱정했다.

그러나 한정훈은 보란 듯이 타구를 펜스 앞까지 굴려 버렸다.

"재식이를 바꿔줘야 하나."

신문희 감독이 길게 한숨을 내쉬었다. 그러자 박수혁 수석 코치가 가볍게 고개를 저었다.

"아직은 아닙니다. 공에 힘이 있습니다."

"그럼 방금 건 실투가 아니라 저 녀석이 잘 쳤단 소리야?"

"실투라고 보긴 좀 어려울 것 같습니다. 바깥쪽으로 잘 빠진 공이었습니다. 특별히 볼 배합에도 문제는 없었고요."

"1학년을 3번 타순에 올려서 무슨 배짱인가 싶었는데…… 강승혁 같은 괴물이 하나 더 늘었군그래."

신문희 감독은 고개를 흔들었다. 그러고는 장일호에게 강승혁을 거르라는 사인을 냈다.

조재석이 못 던진 게 아니라 한정훈이 잘 친 거라면 조재석을 조금 더 끌고 가야 했다. 선발진보다 불펜이 두텁다는 평가를 받는 강은 고등학교지만 상대는 서린 고등학교였다. 에이스가 3이닝 만에 3점을 내줬는데 불펜이라고 다를 것 같진 않았다.

장일호는 벤치의 지시대로 강승혁을 거르고 5번 타자 나승진을 상대했다.

따악!

나승진은 원 스트라이크 원 볼에서 3구째 들어온 포심 패스트볼을 힘껏 밀어쳤다. 하지만 정직하게 날아간 타구는 우익수 최해림의 글러브 속으로 빨려 들어가고 말았다.

조재석-장일호 배터리가 추가 실점 위기를 잘 막아냈지만 강은 고등학교 응원석의 분위기는 싸늘하기만 했다.

"재식이 저 녀석, 지금 몇 개나 던진 거야?"

"몰라. 70개는 넘게 던진 거 같은데."

"70개는. 이제 65구째인데."

"어쨌든 3회에 70구 가까이 던졌잖아. 저래서 5회까지 가기나 하겠어?"

"그게 뭐가 중요해? 벌써 3 대 0인데."

"서린이잖아. 어쩔 수 없다고."

"전국 대회에 나갔다 하면 못 해도 4강인데 상대가 되겠어?"

"그래도 쫓아가는 모습이라도 보여줘야 할 거 아냐? 1학년 선발을 상대로 질질 끌려가면 어쩌자는 거야?"

이른 아침부터 버스를 대절해 강릉에서 넘어 온 학부형들은 불만이 가득했다. 고교 최강이라는 서린 고등학교를 상대로 이기지는 못하더라도 최소한 잘 싸우는 모습을 보여주길 바랐는데 무득점에 묶여 있으니 속이 타들어갈 수밖에 없었다.

"저쪽을 봐라. 너희들 경기를 보려고 새벽부터 오신 부모님들이 보고 계시는데 계속 이런 식으로 경기할 거냐?"

신문희 감독은 응원석을 가리키며 선수들을 독려했다. 고등학교 야구 선수 중 부모의 헌신적인 뒷바라지 없이 선수 생활을 하는 이는 드물었다. 또한 부모님이 보고 계시다면 젖 먹던 힘까지 끌어내는 게 선수들의 생리였다.

"가자, 가자! 강은!"

"강은! 강은! 강은!"

강은 고등학교 선수들이 한데 모여 파이팅을 외쳤다. 그리고 석 점 차의 리드에 마음을 놓은 민찬기를 두드렸다.

3번 타자 김종훈이 좌중간 안타로 포문을 열자 4번 타자 이성태가 1루 라인선상에 떨어지는 2루타로 화답했다.

무사 2, 3루 기회에서 5번 타자 장일호가 2루 쪽 강습 타구를 때려내 3루 주자를 불러들였고 6번 타자 최해림의 스퀴즈 번트 때 3루에 있던 이성태마저 홈을 밟으며 스코어는 순식간에 3 대 2로 변했다.

"강은! 강은! 강은! 강은!"

잠잠했던 강은 고등학교 응원석이 다시 활기를 띠었다. 그러자 김운태 감독이 곧바로 투수 교체를 단행했다.

4회 마지막 아웃 카운트를 남겨두고 민찬기가 내려가고 3학년 우완 사이드 암 이승희가 올라갔다. 이승희는 최고 구속 150㎞/h의 빠른 공으로 7번 타자 김재식을 삼진으로 돌려세운 뒤 이닝을 마쳤다.

"점수를 내줄 수는 있다. 대신 잃은 만큼 빼앗아라. 알았지?"

한 점 차로 쫓기는 가운데 김운태 감독이 선수들을 불러 모아 짧게 말했다.

최강 서린이라는 이름은 괜히 붙은 게 아니었다. 선배들이 쌓아 올린 명성에 누를 끼치지 않기 위해서라도 선수들이 자발적으로 경기를 풀어 나갈 필요가 있다고 여겼다.

그러나 4회 말 공격은 김운태 감독의 기대에 미치지 못했다.

6번 타자 안시원이 볼넷을 골라 나갔지만 7번 타자 이명수가 무리하게 몸 쪽 공을 잡아당겨 병살타를 치고 말았다. 8번 타자인 포수 박지승은 허무하게 삼진을 당했다. 4회 초 민찬기가 얻어맞고 강판당했다는 사실을 전부 떨쳐내지 못한 것이다.

"형편없군."

순식간에 끝나 버린 공격을 지켜보며 김운태 감독이 고개를 절레절레 흔들어댔다.

"첫 대회고 첫 경기라지만 선수들의 집중력이 떨어지는 것 같습니다."

송인수 코치도 한숨을 내쉬었다. 김운태 감독 부임 이후 그토록 고되게 연습해 왔는데 정작 선수들은 훈련 때의 반의반조차 보여주지 못하고 있었다.

"오늘 경기 끝나고 펑고 좀 쳐야겠어."

김운태 감독이 나직이 중얼거렸다. 경기가 끝나면 고생한 선수들에게 휴식을 주는 게 일반적이긴 하지만 이런 식의 경기력은 용납이 되지 않았다.

그러자 송인수 코치가 냉큼 선수들에게 눈치를 주었다.

"얘들아, 집중하자. 오늘 경기 끝나고 집에 가서 편히 쉬어야지. 안 그래?"

송인수 코치는 펑고의 펑자도 꺼내지 않았다.

하지만 선수들의 머릿속에는 뿌연 먼지구덩이 속에서 펑고 타구를 받으려 몸을 날리는 모습이 떠올랐다.

"으으, 펑고 싫은데."

한정훈도 구석에서 몸서리를 쳤다. 김운태 감독이 시합 후에 때리는 펑고는 그야말로 지옥의 펑고였다. 온몸이 너덜너

덜해지고 입에서 단내가 나다 못해 피 맛이 나야만 끝나는 고문이었다.

지금까진 수비 훈련에서 빠졌던 한정훈도 정신 교육 차원의 경고만큼은 받게 될 가능성이 높았다.

"여기서 더 이상 점수를 내주면 안 돼."

한정훈은 조마조마한 심정으로 경기를 지켜보았다.

다행히도 5회 초 강은 고등학교의 공격은 삼자범퇴로 끝이 났다. 4회에 이어 마운드에 오른 이승희는 8번 타자 박수연과 9번 타자 조재석을 연속 삼진으로 잡아낸 뒤 1번 타자 이창민을 2루수 앞 땅볼로 유도하고 이닝을 끝마쳤다.

세 타자를 상대로 던진 공은 단 9개. 서린 고등학교의 불펜 에이스다운 피칭이었다.

"선배님, 수고하셨습니다. 여기 수건이요."

한정훈은 기꺼운 마음으로 이승희에게 수건을 건넸다.

"어, 그래. 고맙다."

이승희가 피식 웃었다. 잘난 후배에게 이런 식으로 선배 대접을 받을 줄은 몰랐던 모양이었다.

"뭐야. 너 승희한테 약점 잡힌 거 있나?"

최주찬이 미심쩍은 눈으로 이승희를 바라봤다.

"그런 거 아니에요."

"아닌데 왜 수건 셔틀이야?"

"후배가 고생한 선배한테 수건 좀 가져다줄 수 있는 거죠."

"그럼 왜 나한텐 수건 안 주는데?"

"그야 형이 타석에 들어서면 난 대기 타석에서 준비해야 하니까 그렇죠."

"오늘 경기 말고. 평소에도 안 줬잖아."

"그건 평소에 형이 못 해서 그런 거고요."

"와아, 이 얄미운 놈 진짜 한 마디를 안 지네?"

"그러니까 이번에 확실히 하나 때려요. 그럼 선배 대접 팍팍 해드릴게요."

"너, 내가 안타 치면 앞으로 형님이라고 꼬박꼬박 불러. 알았냐?"

"안타가지고 되겠어요? 적어도 3루타나 홈런 정도는 쳐야죠."

"그래, 콜. 너 두고 봐."

최주찬이 빠득 이를 갈며 대기 타석으로 들어섰다. 그러고는 매섭게 조재석을 노려보았다.

그 눈빛 공격이 통했는지 조재석은 선두 타자를 출루시키며 흔들렸다. 투 스트라이크를 잘 잡긴 했지만 결정구인 슬라이더를 던지지 못하면서 유인구를 남발하다 안타를 허용하고만 것이다.

"타임이요."

보다 못한 장일호가 마운드에 걸어 올라왔다. 그러자 조재석이 신경질적인 반응을 보였다.

"또 뭐? 뭐가 문제인데?"

"뭐가 문제인지 몰라서 하는 소리야?"

"또 왜 시비야? 던지라는 대로 던졌잖아."

"슬라이더는 왜 자꾸 싫다는데?"

"별로 던지고 싶지 않으니까 그렇지."

"왜? 아까 안타 맞은 것 때문에?"

"……."

"그건 얻어 걸린 거라고 몇 번 말하냐? 너 오늘 슬라이더 좋
아. 1회에 저 녀석들 범타로 돌려세운 것도 슬라이더 때문이
라고. 그런데 네가 슬라이더를 안 던지니까 전부 다 빠른 공
만 노리고 들어오잖아."

"그래서? 이렇게 된 게 다 내 탓이다 이거야?"

"후우……. 아무튼 더 이상 추가 실점은 안 돼. 겨우 한 점
차까지 쫓아왔는데 여기서 점수 내주면……."

"알아, 나도 안다고."

"그러니까 재식아, 이제부턴 슬라이더 던지자. 알았지?"

상일호가 조재식의 어깨를 툭 치고 마운드를 내려갔다. 이
만큼 이야기했으니 조재석도 슬라이더를 던질 것이라 여겼다.

"젠장, 빠른 공이 좋단 소리는 죽어도 안 하지."

조재석은 툴툴거리며 마운드를 골랐다. 그런 조재석의 속

내도 모르고 장일호는 초구부터 슬라이더를 요구했다.

"그래. 던진다, 던져."

조재석의 손끝을 빠져나온 공이 곧장 최주찬의 몸 쪽으로 날아들었다.

"윽!"

타격을 시도하던 최주찬이 움찔 놀라며 허리를 뺐다. 마지막 순간에 몸 쪽을 파고드는 움직임이 예사롭지 않아 보였다.

"좋아! 좋아!"

장호일도 고개를 끄덕이며 조재석에게 공을 돌려주었다.

하지만 조재석의 표정은 밝지 않았다. 기껏 슬라이더를 던졌는데 최주찬이 반응하지 않으면서 볼이 되어 버렸으니 시작부터 볼카운트 하나를 낭비한 기분마저 든 것이다.

슬라이더에 대한 생각의 차이는 투 스트라이크 투 볼에서 다시 한번 부딪쳤다.

장일호는 최주찬의 몸 쪽으로 또다시 슬라이더를 요구했다. 투 스트라이크 이후인 만큼 땅볼을 유도할 수 있다고 판단했다.

하지만 조재석은 단호하게 고개를 저었다. 앞서 통하지 않았던 슬라이더를 다시 던질 이유가 없다는 것이었다.

"미치겠네."

잠시 고심하던 장일호가 어쩔 수 없이 몸 쪽으로 떨어지는 체인지업을 요구했다. 잘만 떨어뜨린다면 슬라이더를 던진 것 같은 효과를 기대할 수 있을 것 같았다.

그런데 조재석의 체인지업이 밋밋하게 몸 쪽을 파고들면서.

따악!

최주찬에게 장타를 허용하고 말았다.

"그렇지!"

최주찬은 2루까지 서서 들어갔다. 반면 1루에 있던 홍일섭은 3루에 멈춰 섰다. 충분히 홈을 노려볼 만했지만 무사인 만큼 안성민 코치가 무리시키지 않은 것이다.

"젠장, 3루타를 칠 기회였는데."

최주찬이 인상을 쓰며 투덜거렸다. 홍일섭이 3루를 돌았다면 충분히 3루를 훔쳐볼 수 있었을 텐데 시도조차 하지 못한 게 아쉽기만 했다.

하지만 한정훈은 자신의 앞에서 밥상이 차려지는 모습이 보기 좋았다.

"민호 선배가 1루만 채우면 딱인데."

대기 타석에 들어서며 한정훈이 나직이 중얼거렸다. 그 소리를 들은 것일까.

"윽!"

송민호가 2구째 몸 쪽을 파고든 포심 패스트볼을 얻어맞고 1루로 걸어 나갔다.

그렇게 무사 만루라는 확실한 밥상이 차려졌다.

"정훈아, 잠깐만."

"왜요?"

"병살을 쳐도 좋으니 자신감 있게 때려. 뒤는 형한테 맡기고. 알았지?"

강승혁이 한정훈을 독려했다. 한정훈이 점수를 뽑아내야 한다는 책임감에 짓눌리지나 않을까 걱정한 것이다.

하지만 한정훈은 대수롭지 않게 고개를 주억거렸다. 2사 만루보다 무사 만루에 타석에 들어서는 게 더 부담스럽다고들 하지만 과거 대타 요원으로 3할 가까운 타격 능력을 보여주었던 한정훈에게는 해당사항이 없었다.

한정훈이 강승혁과 잠시 대화를 나누는 동안 강은 고등학교 벤치가 움직였다.

"재식아, 힘드냐? 바꿔줄까?"

"아닙니다. 더 던질 수 있습니다."

"너 여기서 실점하면 바꿔야 해. 그런데 자꾸 일호 사인 거절하고 고집 부릴래?"

"……죄송합니다."

"일호 사인대로 던져. 결과는 내가 책임질 테니까. 알았어?"

"네, 알겠습니다."

신문희 감독은 마운드에 올라가 확실하게 서열 관계를 정리했다.

무사 만루.

한 점이라도 더 점수를 내주면 오늘 경기를 잡기 어려운 상황에서 믿을 건 장일호의 노련한 리드밖에 없었다.

에이스랍시고 조재석의 자존심을 세워줄 여유 따위는 남아 있지 않았다.

"저 녀석 발이 느리니까 땅볼만 유도하면 홈에서 더블 플레이로 잡을 수 있어. 강승혁은 여차하면 거르면 되고. 그럼 무실점으로 이닝을 끝낼 수 있어."

장일호가 신문희 감독을 대신해 조재석을 다독였다.

"그래, 알았어."

조재석도 마지못해 고개를 주억거렸다.

자리로 돌아간 장일호는 초구에 몸 쪽에 바짝 붙는 포심 패스트볼을 요구했다. 조재석의 기분도 풀어줄 겸 바깥쪽에 강점을 보였던 한정훈의 머릿속을 복잡하게 만드는 것도 나쁘지 않다고 여겼다.

사인을 받은 조재석은 가볍게 고개를 끄덕였다. 그리고 장일호의 미트를 항해 빠르게 공을 내던졌다.

후앗!

조재석의 손끝을 빠져나온 공이 한정훈의 몸 쪽을 파고들었다.

그러자 한정훈이 망설이지 않고 방망이를 내돌렸다.

따악!

묵직한 타격음과 함께 공이 쭉 뻗어 날아갔다. 순간 조재석의 고개가 홱 하고 돌아갔다. 맞는 순간 장타라는 걸 직감한 것이다.

하지만 다소 높게 치솟았던 타구는 마지막 순간에 오른쪽 외야 관중석으로 넘어가 버렸다.

"너무 서둘렀네."

타구를 지켜보던 한정훈이 쓴웃음을 지었다. 노리던 몸 쪽 빠른 공이 들어왔고 인 앤 아웃 스윙도 나쁘지 않았는데 생각했던 것보다 앞쪽에서 공이 맞아버렸다.

한정훈은 타이밍이 맞지 않은 가장 큰 이유로 불완전한 인 앤 아웃 스윙을 꼽았다. 몸 쪽 공을 제대로 공략하려면 무의식적으로 팔꿈치를 붙이며 방망이를 돌려야 하는데 아직도 그 부분을 의식하다 보니 매끄러운 타격이 이루어지지 못하고 있었다.

물론 조재석의 공이 밋밋해진 것도 핑계 거리는 될 수 있었다.

"하긴, 80구를 넘었으니까."

프로 야구 선발 투수들도 80구를 넘기는 시점부터 구속과 구위가 뚝 떨어진다. 조재석이 지치는 것도 무리는 아니었다.

하지만 한정훈은 운이 나빴다는 핑계는 대고 싶지 않았다.

좋지 않았던 앞선 타석의 결과를 잊어버리는 것과 자기반성 없이 넘어가는 건 별개의 일이었다. 이번에는 운이 없었지만 다음번에 운이 따르면 좋은 결과가 나올 거라는 막연한 기대감은 실제 타격에 아무런 도움이 되지 않았다.

"경기 끝나고 야구 연습장에 가야겠다."

애써 숨을 고르며 한정훈이 타석에 들어섰다.

'몸 쪽이 약점인 줄 알았는데…….'

잠시 고심하던 장일호가 바깥쪽으로 빠져나가는 체인지업을 요구했다.

하지만 조재석은 고개를 저었다. 구종을 체인지업에서 커브, 다시 포심 패스트볼로 바꿔봤지만 조재석은 계속해서 사인을 거부했다.

"뭘 던지고 싶은 건데? 설마…… 이거냐?"

장일호가 다시 손가락을 움직여 슬라이더 사인을 냈다. 그러자 조재석이 대번에 고개를 끄덕였다.

"진짜 저 답도 없는 자식."

장일호는 질렸다며 고개를 흔들어댔다. 정작 슬라이더가 필요할 땐 고집을 부리다가 포심 패스트볼을 크게 얻어맞으니 이제야 슬라이더를 던지겠다는 조재석을 도저히 이해할 수 없었다.

'그래, 차라리 잘 생각했다. 어차피 이 녀석은 슬라이더를 못 봤으니까. 잘하면 땅볼로 잡아낼 수 있을 거야.'

장일호가 한정훈의 옆구리 쪽으로 미트를 붙여 넣었다.

그 순간.

"크아악!"

조재석이 기합을 내지르며 공을 내던졌다.

'몸 쪽 빠른 공!'

한정훈은 이번에도 망설이지 않고 방망이를 내돌렸다. 오른쪽 팔을 옆구리에 단단히 붙이고 왼쪽 팔로 각도를 유지하며 몸 쪽을 파고드는 공을 향해 방망이를 밀어냈다.

그런데 포심 패스트볼처럼 날아들던 공이 홈플레이트 앞쪽에서 비틀어지기 시작했다.

'슬라이더!'

한정훈은 눈을 부릅떴다. 그리고 손목을 살짝 꺾으며 슬라이더를 따라잡으려 노력했다.

하지만 조재석의 슬라이더는 서린 고등학교 3학년들이 고전할 만큼 움직임이 좋았다. 프로 시절의 경험까지 끌어내어 대처해 봤지만 처음 상대하는 공을 제대로 걷어내기란 한계가 있었다.

따악!

방망이 끝 부분에 걸린 타구가 힘없이 1루 방면으로 굴러갔다. 순간 강은 고등학교 더그아웃에서 고함이 터져 나왔다.

"달려들어! 어서!"

신문희 감독은 경험상 한정훈의 타구가 1루 라인 바깥으로 흘러나갈지도 모른다고 여겼다.

그러나 1루수 이성태는 마치 평범한 땅볼처럼 1루 베이스 옆쪽에서 포구 자세를 취했다. 그러다 회전을 먹은 타구가 1루 라인 쪽으로 휘어지자 그제야 공을 향해 달려들었다.

그러나 그때는 이미 늦어버렸다.

이성태가 다급히 손을 뻗어 공을 움켜쥐었을 때는 공이 파울라인을 벗어나 버린 뒤였다.

"후우……."

1루까지 정신없이 내달렸던 한정훈이 가슴을 쓸어내리며 타석으로 몸을 돌렸다. 그 모습을 지켜보던 김운태 감독이 다시 한번 웃음을 터뜨렸다.

"송 코치, 정훈이가 치는 거 봤나?"

"네, 팔로우 스윙이 좋았습니다."

송인수 수석 코치가 따라 웃었다. 모르는 이들이 봤다면 운이 좋았다고 생각할지 모르겠지만 지금 타구가 파울라인을 벗어난 건 한정훈의 팔로우 스윙 덕분이었다.

공이 빗맞더라도 마지막 순간까지 방망이를 휘둘러 준 덕분에 평범한 1루수 앞 땅볼이 파울로 변한 것이다.

"정말 재미있는 녀석이야. 하는 짓이 꼭 김태윤을 보는 것 같아."

"전 이대오 같은데요."

"그래도 좌타자니까 추신우나 이승혁 같이 됐으면 좋겠는데 말이지."

"분명 그렇게 될 겁니다. 아니, 정훈이가 더 대단한 선수가 될지도 모르죠."

"그러려면 이번 공을 때려내야 해. 분명 다시 한번 슬라이더를 던질 테니까."

김운태 감독의 시선이 한정훈을 지나 장일호에게 향했다. 약점을 집요하게 물고 늘어지는 장일호의 성격상 그냥 넘어가지 않을 거라 여겼다.

아나나 다를까. 장일호는 보란 듯이 몸 쪽 슬라이더 사인을 냈다.

대신 코스를 조정했다.

스트라이크가 아니라 볼.

슬라이더를 맞추기에 급급한 한정훈에게 헛스윙을 빼앗아낼 생각이었다.

'삼진을 잡자, 이거냐?'

사인을 확인한 조재석이 입가를 비틀어 올렸다. 투 스트라이크를 잡았으니 유인구로 땅볼을 유도하자고 할 줄 알았는데 예상 밖의 사인이 나왔다.

'그만큼 내 슬라이더가 좋다, 이거지?'

조재석이 가볍게 고개를 끄덕였다. 그러고는 왼손으로 공을 단단히 움켜쥐었다.

'잡자. 잡을 수 있어.'

속으로 자신감을 북돋은 뒤 조재석이 힘차게 투구판을 박차고 나갔다.

후앗!

조재석의 손끝에서 공이 빠져나오자 한정훈도 곧바로 타격 자세에 들어갔다. 볼 카운트가 불리한 상황이라 스트라이크존에 들어오는 모든 공에 대처를 해야만 했다.

절반쯤 날아든 공은 몸 쪽 스트라이크존에 걸쳐 들어왔다.

포심 패스트볼이라면 무릎 높이의 스트라이크.

슬라이더라면 홈플레이트 앞쪽에서 바운드가 될 만한 볼.

한정훈은 일단 포심 패스트볼에 초점을 맞추고 오른발을 뻗어냈다. 그러다 홈플레이트 앞쪽에서 공이 꿈틀거리자 디딤발을 밀어내며 타이밍을 늦췄다. 그와 동시에 손목을 움직여 바닥까지 떨어지는 공을 그대로 걷어 올렸다.

따악!

경쾌한 방망이 소리와 함께 새하얀 공이 하늘 높이 뻗어 올라갔다.

한정훈은 마치 골프를 하듯 끝까지 방망이를 내돌렸다. 그러고는 묵묵히 1루를 향해 뛰었다. 제법 잘 맞긴 했지만 타구가 지나치게 높게 솟구쳤다. 홈런보다는 중견수 플라이로 끝날 가능성이 높아 보였다.

그런데 슬금슬금 뒷걸음질을 치던 중견수 이창민이 워닝 트랙 근처에서 걸음을 멈추고는 전광판 쪽으로 몸을 돌리면서 상황이 변했다.

"뛰어! 뛰어!"

안성민 3루 코치가 뒤늦게 팔을 돌렸다. 타구의 움직임과 이창민의 행동으로 봐서 펜스를 맞고 떨어질 거라고 생각한 것이다.

안성민 코치의 지시대로 2루 주자 최주찬이 미친 듯이 내달렸다. 1루 주자 홍일섭도 타구를 지켜보며 2루를 지나 3루를 넘보았다.

하지만 마지막 순간에 떠 뻗어나간 타구가 전광판 상단을 때리고 떨어지면서 더 이상 부산을 떨 필요가 사라져 버렸다.

6장
한뚱!

1

"넘어갔다!"

"크아아아!"

서린 고등학교 응원단에서 함성이 터져 나왔다. 한정훈을 아니꼬운 눈으로 바라봤던 선수들도 더그아웃 난간까지 달려 나와 악을 내질렀다.

쏟아지는 환호성을 들으며 한정훈이 정신없이 그라운드를 돌았다. 그러고는 홈플레이트 앞쪽에서 줄을 선 선배들과 기분 좋게 손뼉을 부딪쳤다.

"크흐흐, 이 얄미운 녀석, 어떻게 그걸 넘기냐?"

최주찬이 가장 먼저 한정훈을 끌어안았다.

"너 진짜 대단하다. 대단해!"

선배에서 형의 단계로 넘어가려던 박지승도 한정훈의 펑퍼짐한 엉덩이를 맘껏 두드렸다.

"잘했어, 한정훈. 정말 잘 쳤다."

평소 데면데면하던 송민호도 웃음을 감추지 못했다.

"야, 인마. 그렇다고 홈런을 치면 어떻게 하냐? 난 어쩌라고?"

오직 다음 타석에 들어서야 할 강승혁만이 앓는 소리를 냈다.

하지만 그것도 잠시.

따악!

강승혁은 서린 고등학교의 4번 타자는 자신이라는 걸 보여주듯 반쯤 넋이 나간 조재석의 초구를 받아쳐 오른쪽 담장 밖으로 넘기면서 김운태 감독을 기어코 미소 짓게 만들었다.

3 대 2였던 전광판의 점수가 순식간에 8 대 2까지 벌어졌다.

"고생했다."

신문희 감독이 마운드에 올라와 조재석의 공을 받아들었다.

"죄송합니다."

조재석은 고개를 떨어뜨리며 마운드를 내려갔다. 그러면서 더그아웃에 앉은 한정훈을 매섭게 노려보았다.

그러나 정작 한정훈은 고등학교 시절 처음으로 쏘아올린

홈런의 여운에서 헤어나오지 못하고 있었다.

'그래, 바로 이 맛이야. 바로 이 맛이었어.'

한정훈이 텅 빈 손바닥을 내려다봤다. 장갑을 벗었는데도 손바닥이 간질거렸다. 눈에 보이지는 않지만 홈런의 아우라 같은 게 손바닥 주변에 남아 있는 것만 같았다.

"뭐 하나?"

최주찬이 이온 음료를 들고 옆자리에 앉았다. 그러다 배시시 웃는 한정훈을 보고는 미간을 찌푸렸다.

"홈런 쳤다 이거냐?"

"형, 그냥 홈런 아니고 만루 홈런이거든요?"

"만루 홈런이나 솔로 홈런이나 다 똑같은 홈런인 거지."

"그럼 3루타나 안타나 다 똑같은 안타겠네요?"

"짜식이 꼭 말을 해도."

최주찬이 장난스럽게 한정훈의 뒤통수를 때리려 들었다. 그러자 강승혁이 냉큼 나서서 최주찬의 손목을 붙잡았다.

"뭐냐?"

"너야말로 뭐냐?"

"선배가 까불거리는 후배 교육 좀 시키겠다는데 안 되냐?"

"당연히 안 되지, 인마. 만루 홈런을 친 후배인데."

"쳇. 이놈이나 저놈이나. 어디 홈런 못 친 사람은 서러워서 살겠나."

"어디 홈런뿐이냐? 타점만 6개인데. 오늘 훈련 없으면 그거다 정훈이 덕분이다. 그러니까 괜히 정훈이 괴롭히지 마라."

강승혁은 아예 최주찬과 한정훈의 사이에 엉덩이를 파묻어 버렸다. 그러고는 한정훈의 어깨에 팔을 걸치며 말했다.

"정훈아, 앞으로 주찬이는 형이 철저하게 디펜스해 줄 테니까. 알지?"

"……?"

"혼자 다 먹지 말라고, 인마. 명색이 4번 타자인데 1타점이 뭐냐. 1타점이."

오늘 서린 고등학교 타자 중 100퍼센트 출루에 성공한 건 강승혁뿐이었다. 3타석 2타수 2안타 1볼넷 1홈런 1타점 2득점. 이 정도면 거의 만점짜리 활약이었다.

반면 한정훈은 첫 타석에서 범타로 물러나면서 3타수 2안타에 그쳤다.

고작 한 경기 기록이긴 하지만 타율이나 출루율만 놓고 보자면 강승혁이 한정훈보다 앞섰다.

그러나 타점은 한정훈이 압도적으로 많았다.

2타점 적시 2루타로 두 점.

만루 홈런으로 넉 점.

두 번의 득점 기회에서 한정훈은 두 개의 안타를 때려냈다. 그리고 서린 고등학교가 올린 득점의 75퍼센트인 6점을 쓸어 담았다.

"이러다 밥값도 못 했다는 소리 듣겠어."

강승혁이 씁쓸하게 웃었다. 1학년 후배에게 타점을 전부 빼앗겼다는 게 제법 자존심이 상한 모양이었다.

그러자 옆에서 듣고 있던 최주찬이 끼어들었다.

"왜 그렇게 심각해? 벌써부터 정훈이 견제하냐?"

투수에게 긁히는 날이 있듯 타자에게는 터지는 날이 있었다. 모든 공이 수박만 하게 보이고 때릴 때마다 스위트스폿에 정확하게 공이 얹히는, 꿈이라면 평생 깨고 싶지 않을 그런 날이 찾아오곤 했다.

최주찬은 한정훈이 오늘따라 잘 터지는 것뿐이라고 여겼다. 설마하니 이 기세가 황금사자기가 끝날 때까지 이어진다고는 생각하지 않았다.

하지만 강승혁의 생각은 달랐다. 객관적으로 봤을 때 오늘 한정훈은 우연히 잘 치는 게 아니었다. 특별히 운이 따른 적도 없었다.

오히려 첫 번째 타석만 놓고 보자면 운이 없었다. 정상적인 수비 포메이션이었다면 2루타가 됐을 법한 타구가 호수비에 걸려 잡혔으니 안 풀리는 날이라고 봐야 했다.

그런데도 한정훈은 흔들리지 않고 두 번째 타석에서 기어코 안타를 때려냈다. 그것도 바깥쪽에 꽉 차게 들어오는 공을 욕심 부리지 않고 밀어 쳐서 루상의 주자를 모두 불러들였다.

현 고교리그 최고의 타자 중 한 명이라 불리는 강승혁도 감탄이 절로 나오는 타격이었다.

세 번째 타석에서 나온 홈런은 그야말로 전율이 느껴질 정도였다. 2구째 들어온 슬라이더에 타이밍을 빼앗기고 하마터면 땅볼로 아웃이 될 뻔한 상황에서 한정훈은 3구째 들어온 몸 쪽 낮은 코스의 슬라이더를 기술적으로 걷어 올려 전광판을 직격하는 초대형 타구를 만들어냈다.

한정훈의 어마어마한 장타력에 자극을 받은 강승혁도 조재석의 초구가 몸 쪽으로 몰리자 망설이지 않고 방망이를 내돌렸다.

하지만 타구는 우측 펜스를 살짝 넘어가는 수준에 그치고 말았다.

오늘 경기 전까지 강승혁은 정확도는 몰라도 힘만큼은 한정훈에게 지지 않는다고 자부해 왔다.

하지만 지금은 머릿속이 복잡했다. 여차하면 4번 타자 자리를 빼앗길지도 모른다는 불안감마저 들었다.

그러나 정작 한정훈은 혼자만의 힘으로 6타점을 쓸어 담았다고 생각하지 않았다.

"이게 다 승혁이 형이 뒤에서 받쳐준 덕분이에요. 그러니까 너무 아쉬워하지 마요."

한정훈은 조재석-장호일 배터리가 강승혁을 피하기 위해 자신에게 승부를 걸어왔다고 생각했다. 그 덕분에 6타점이나 올렸으니 그중 절반 정도는 강승혁에게도 지분이 있다고 여겼다.

"정훈이 말이 맞아. 네가 4번 자리에서 든든히 버텨주니까 기회가 다 정훈이한테 몰린 거라고."

최주찬도 진지해진 얼굴로 강승혁을 달랬다.

"말이라도 고맙다."

강승혁이 멋쩍게 웃었다. 그러고는 앞쪽에 던져 둔 글러브를 집어 들고 자리에서 일어났다.

"가자, 주찬. 공수 교대다."

"뭐? 벌써?"

최주찬도 툴툴거리며 엉덩이를 들었다. 내심 후속 타자들이 터져 줘서 5회 콜드 게임으로 끝나길 바랐지만 전광판의 점수는 8 대 2에서 그대로 멈춰 있었다.

"사, 사! 다들 정신 바싹 차리자. 감독님 표정 다시 굳어지셨다."

강승혁이 선수들을 불러 모아 경고했다. 백투백 홈런이 터질 때까지만 해도 오늘 추가 훈련은 없을 것 같았는데 후속 타자들이 맥없이 물러나면서 김운태 감독의 눈매가 싸늘하게 변해 있었다.

"서~린!"
"가자! 가자! 가자!"
강승혁의 선창에 선수들이 한 목소리로 소리쳤다.
한정훈도 더그아웃에서 목소리를 보탰다. 마음 같아선 글러브를 끼고 수비에 나서고 싶었지만 아직은 강승혁을 대신해 1루를 지킬 준비가 되어 있지 않았다.
대신 한정훈은 가방 안에서 1루수용 미트를 꺼내들었다. 서린 고등학교에 입학했다며 누나들이 선물해 준, 프로 선수들이 낀다는 수제 글러브였다.
"때깔 곱다."
과거 한정훈은 이 미트를 끼고 서린 고등학교의 4번 타자가 되겠다고 굳게 다짐했다.
하지만 실제로 미트와 함께한 날은 길지 않았다. 김운태 감독의 강권으로 2루수로 전향하면서 한정훈은 내야수용 글러브를 새로 주문해야 했다.
"그땐 관리 안 하고 방치했다가 곰팡이 쓸어서 내다버려야 했지만 이제 그럴 일은 없을 거야."
한정훈이 뻑뻑한 미트 속에 손가락을 끼워 넣었다. 그 모습을 지켜보던 김운태 감독이 나직이 입을 열었다.

"정훈이 포지션이 1루였던가?"

"네. 그렇습니다."

"1루 말고는?"

"처음 야구를 시작할 때 3루를 잠깐 봤다곤 하는데 지금은 힘들 것 같습니다."

송인수 코치는 김운태 감독이 무리해서 한정훈의 포지션을 변경할까 봐 겁이 났다. 그래서 한정훈이 초등학교 시절 내야 전 포지션을 소화했다는 이야기를 감췄다.

그러나 김운태 감독도 만루 홈런을 포함해 혼자 6타점을 쓸어 담은 거포를 다른 포지션으로 보낼 생각이 없었다.

"정훈이가 어렵다면…… 승혁이는 어때?"

"스, 승혁이요?"

"그래, 보니까 다른 포지션에서도 잘할 것 같던데."

"승혁이는 1학년 때 3루를 잠깐 봤습니다."

"3루라. 외야는?"

"외야에서 뛰었는지는 확인을 해봐야 할 것 같습니다. 하지만 뜬공 처리 능력이 좋은 편이니까 좌익수라면 가능할지도 모르겠습니다."

사적인 감정을 떠나 한정훈과 강승혁, 둘 중 누군가가 포지션을 변경해야 한다면 강승혁이 옮기는 편이 나았다. 체격적으로 봤을 때 한정훈은 1루 이외의 포지션을 기대하기 어려웠다.

반면 강승혁은 제법 발이 빠른 편이었다. 넓은 범위를 커버해야 하는 중견수는 무리겠지만 좌익수라면 승산이 있어 보였다.

"흠……."

김운태 감독도 동의하듯 고개를 주억거렸다. 다른 사람들이 들으면 미쳤다고 펄쩍 뛰겠지만 한정훈을 꾸준히 3번 타순으로 기용하기 위해서라도 포지션 변동이 이루어져야 할 것 같았다.

김운태 감독은 오늘 한정훈을 3번 타순에 배치해 배짱을 테스트해 볼 생각이었다. 실력이야 자체청백전을 통해 확인했지만 그 실력이 실제 경기에서 100퍼센트 발휘된다는 보장은 없었다.

야구 선수 중 연습 때만큼 잘하는 이는 열에 하나뿐이었다. 나머지는 연습 경기만큼의 실력을 내지 못했다.

김운태 감독은 한정훈도 연습 때만큼 잘하지는 못할 것이라고 예상했다. 그래서 세 타석 정도를 지켜본 뒤 안타를 치지 못하면 곧바로 3학년과 교체할 마음을 먹었다.

그동안 쭉 주전 자리를 보장받아 왔으니 한 번쯤은 시련을 겪는 것도 나쁘지 않을 것이라고 여겼다.

그런데 정작 한정훈은 김운태 감독의 예상을 비웃듯 최고의 활약을 펼치며 경기를 주도했다. 2타점 2루타를 때린 것만으로도 만점을 주고 싶은데 만루 홈런을 쏘아 올리며 승부를 결정지어 버렸다.

'저 녀석, 타고났어.'

김운태 감독의 시선이 다시 한정훈에게 향했다. 고작 세 타석을 봤을 뿐이지만 한정훈은 될 성 부른 떡잎이었다. 하나를 보면 열을 안다고 타석에서 임하는 자세부터 이미 탈 고교급이었다.

이런 보물을 고작 지명타자 겸 대타감으로만 생각했다는 게 부끄러울 정도였다.

그래서 김운태 감독은 한정훈에게 꾸준한 출장 기회를 보장해 주고 싶었다. 이번 황금사자기와 6월에 있을 봉황기까지는 지명타자로 나서야겠지만 7월 이후, 3학년들의 프로 입시가 가까워지는 시기에는 강승혁을 대신해 1루를 맡기고 싶었다.

"두 달 안에 되겠어?"

김운태 김독이 다시 송인수 코치를 바라봤다.

"타격만큼만 수비에도 재능이 있다면 충분히 가능할 겁니다."

송인수 코치가 멋쩍게 웃었다. 다이어트가 시급한 선수를 두 달 안에 제대로 된 1루수로 만들라는 주문 자체가 말이 되지 않았지만 지금까지 지켜봐 온 한정훈이라면 또 다른 기적을 만들어 낼 수도 있을 것 같았다.

"오늘 승혁이 부모님 오셨나?"

"아마 오셨을 겁니다. 승혁이 경기는 매번 보러 오시니까요."

"그럼 경기 끝나고 자리 좀 마련하게."

"그건 어렵지 않지만…… 승혁이 부모님이 쉽게 납득하실지 모르겠습니다."

서린 고등학교에서 4번 타자이자 1루수인 강승혁의 존재감은 확실했다. 최고의 중학 야구 유망주가 모인 서린 고등학교에서도 최고의 선수.

그것이 강승혁의 이미지였다.

실제로 지난해 말부터 강승혁은 고교 야구 타자 랭킹 1위를 달리고 있었다.

2위권과의 격차는 압도적이었다. 투수까지 통틀어도 강승혁을 위협할 만한 선수가 보이지 않을 정도였다.

송인수 코치는 서린 고등학교를 대표하는 강승혁에게서 1루수 자리를 빼앗기란 쉽지 않을 거라고 생각했다.

설사 강승혁이 후배를 위해 양보한다 하더라도 강승혁의 부모가 그 결과를 선선히 받아들일 리 없다고 여겼다.

하지만 김운태 감독은 강승혁의 부모도 머잖아 한정훈의

실력을 인정할 수밖에 없을 거라고 내다봤다.

"송 코치, 난 승혁이를 4번에 고정하고 싶어. 하지만 원칙 대로라면 그게 어려워질지도 몰라."

김운태 감독이 나직이 중얼거렸다. 1루수 자리를 욕심내다 4번 타자 자리까지 빼앗길지 모른다고 경고한 것이다.

평소 김운태 감독은 철저하게 성적을 기준으로 타순과 보 직을 정했다. 제아무리 이름값이 높다 하더라도 성적이 떨어 지면 가차 없었다.

반면 무명도 성적이 뒷받침되면 충분히 활약할 수 있는 기 회를 보장했다.

김운태 감독이 기존의 스타일을 고수하려 든다면 당장 다 음 경기부터 4번 타자가 바뀔지도 몰랐다.

하지만 김운태 감독은 한정훈만큼이나 강승혁을 아꼈다. 서린의 4번 타자라는 자부심이 가득한 강승혁에게서 4번 타 자 자리까지 빼앗고 싶진 않았다.

"송 코치가 승혁이 아버님하고 친분이 있지?"

"친분이라고 할 것까진 없지만 몇 번 술자리를 갖긴 했습 니다."

"그러니까 미리 잘 이야기를 해두라고."

"알겠습니다."

송인수 코치가 묵묵히 고개를 숙였다. 내키진 않았지만 이런 건 김운태 감독보다 자신이 나서는 게 나아 보였다.

그러면서 복잡한 얼굴로 한정훈을 바라봤다.

'정훈아, 적당히 좀 해라. 너 때문에 내 입장이 곤란하다.'

애제자가 잘하는 건 더없이 흐뭇한 일이지만 고작 한 경기만에 3학년 선배를 제치고 4번 타자 자리를 위협할 필요까지는 없어 보였다.

그런 송인수 코치의 심정을 이해한 것일까.

따악!

6회 말. 2사 1, 3루.

네 번째 타석에 들어 선 한정훈은 바뀐 투수의 초구를 잡아당겨 또다시 오른쪽 담장을 넘겨 버렸다.

그리고 그 한 방으로 경기가 끝이 났다.

최종 스코어 11 대 2.

서린 고등학교가 강원의 강호, 강은 고등학교를 6회 콜드게임으로 잡아내고 다음 라운드에 진출했다.

2

[서린 고등학교, 강은 고등학교 제압하고 3라운드 진출!]

[1학년 3번 타자 한정훈 맹활약. 2홈런 9타점으로 승리에 일조해.]

고교 야구 홈페이지에 올라 온 기사는 단출했다. 두 개의 구장에서 치러진 6경기를 전부 다루다 보니 서린 고등학교에 대한 내용도 몇 줄 할애되지 않았다.

하지만 한정훈의 가족들은 그 짧은 기사를 읽고 또 읽으며 흥분을 감추지 못했다.

"여기 나온 정훈이가 우리 정훈이 맞는 거지?"

"엄마도 참. 설마 서린 고등학교에 야구하는 한정훈이 또 있을까 봐?"

"그런데 언니. 9타점이라는 게 뭐야?"

"너는 아직까지 야구 용어도 모르면 어떻게 해? 정훈이가 11점 중에서 9점을 올린 거잖아."

"어떻게? 홈런을 9개나 친 거야?"

"그게 그러니까……. 암튼 잘한 거야. 엄청 잘한 거라고."

큰 누나 한세아는 기분이라며 치킨을 세 마리나 주문했다. 다이어트 중이라며 시큰둥하던 한정훈은 막상 치킨이 도착하자 한 마리를 통째로 끌어안고 오물거리기 시작했다.

"오빠, 오빠는 기분 안 좋아?"

"좋아."

"그런데 왜 표정이 그래? 무슨 일 있어?"

"아니. 별일 없는데?"

"설마 이 한정훈, 오빠 아닌 거 아냐?"

"시끄럽고 거, 들고 있는 닭다리 하나만 줘라."

"헐, 오빠 혼자서 지금 한 마리 다 먹었거든?"

"오늘 같은 날 닭다리 하나 정도는 괜찮잖아. 안 그래?"

"뭐래? 싫어. 나도 닭다리 좋아한다고."

한세희가 손에 든 닭다리를 냉큼 입에 물었다.

하지만 그것도 잠시.

"오빠가 달래잖아."

작은 누나 한세연의 번개 같은 손놀림에 닭다리를 빼앗기고 말았다.

"아, 진짜! 왜 오빠만 주는데에에!"

"정훈이 오늘 엄청 고생했잖아. 얼마나 배가 고프겠어. 안 그래?"

"그래, 세희야. 다음에 언니가 사줄 테니까 오늘은 정훈이 먹이자. 응?"

"됐어! 더럽고 치사해서 안 먹어!"

한세희가 울먹이며 방으로 들어갔다. 그러면서도 두툼한 가슴 부위 하나 손에 쥐는 걸 잊지 않았다.

"정훈아, 세희는 내일 내가 잘 달랠 테니까 신경 쓰지 말고 먹어."

"그래, 정훈아. 많이 먹고 다음 번 경기 때는 10타점 올려. 알았지?"

"얘도 참. 10타점이 쉬운 줄 알아?"

"그런가? 그래도 홈런 세 개는 치겠지?"

"그럼. 우리 정훈이가 얼마나 잘하는데."

누나들의 이야기를 묵묵히 듣고 있던 한정훈이 피식 웃었다. 오늘만 해도 꿈같은데 오늘보다 더 잘할 거라니. 가족이라지만 누나들의 기대는 커도 너무 컸다.

물론 오늘 한정훈의 활약상만 놓고 보자면 그런 기대를 갖게 만들기에 충분했다.

4타수 3안타에 홈런 두 개. 그리고 9타점.

그저 읊기만 해도 감탄이 절로 나오는 성적이었다. 4번 타자 강승혁을 대신해 서린 고등학교의 공격을 이끌었다고 해도 과언이 아니었다.

하지만 한정훈은 오늘 경기 결과를 애써 머릿속에서 지워 버렸다.

'잘하긴 했지만 큰 의미는 부여하지 말자. 상대가 약했어. 나에 대한 정보도 없었을 테니까 운이 좋았다고 봐야 해.'

한세희에게서 뺏은 닭다리를 깨끗이 발라낸 뒤 한정훈은 방으로 들어갔다. 그리고 가볍게 옷을 갈아입은 뒤 집을 나섰다.

5월의 밤은 아직 선선했다. 낮에는 찌듯이 더운데 밤에는 뭐라도 하나 걸치고 나와야 버틸 수 있었다.

"많이 먹었으니까 두어 바퀴 돌자."

한정훈은 모자를 깊이 눌러쓰고 가볍게 러닝을 시작했다. 아파트 입구를 지나 근처 공원으로 들어가 산책로를 따라 달렸다. 그러자 저만치서 몸을 풀고 있던 커플이 한정훈에게 다가왔다.

"운동 나오셨어요?"

"아, 네."

"그럼 같이 뛸래요? 우리도 이제 나왔거든요."

"네. 저는 상관없어요."

20대 초반으로 보이는 사내는 적극적으로 앞서 달렸다. 반면 한정훈과 비슷한 또래의 여자는 뛰는 게 신통치 않았다. 표정이나 옷차림새를 보아하니 싫다는 걸 억지로 끌려 나온 느낌이었다.

"저 때문에 천천히 뛰시는 거예요?"

"아니요. 전 원래 천천히 뛰어요."

"그래도 덕분에 살았어요. 우리 오빠는 만날 혼자 뛰거든요."

"남자 친구인가 봐요."

"아뇨, 친오빠에요. 체대 다니는데 저 살 쪘다고 억지로 끌고 나와요."

여자가 무겁게 한숨을 내쉬었다. 그러다 남자가 소리치자 입술을 삐죽거리며 뒤뚱뒤뚱 앞으로 달려갔다.

남자는 한정훈을 향해 먼저 가겠다고 손을 흔들었다. 그러고는 싫다는 여자의 등을 떠밀며 다시 앞으로 달려갔다.

그 모습을 보다보니 자연스럽게 집에 있는 누나들이 떠올랐다.

'나도 누나들하고 같이 나와야겠다.'

활동적인 어머니를 닮아서인지 한씨 세 자매는 다들 늘씬한 편이었다. 그래서 한정훈은 가족들과 함께 다니는 걸 꺼려했다. 자신만 외계인 취급하는 시선이 싫었기 때문이다.

하지만 다시 과거로 돌아온 이상은 좀 달라질 필요가 있었다.

전국 대회가 시작되면 한 해는 금방 지나갔다. 황금사자기가 끝나면 봉황기였고 그 다음에는 청룡기가 기다리고 있었다.

협회장기와 전국체전, 대통령배까지 치르고 나면 겨울이었다. 그렇게 한 번을 더 반복하면 곧바로 졸업반이었다.

한정훈은 졸업 전까지 가족들과도 최대한 많은 시간을 보내고 싶었다. 그렇다고 야구가 우선인 삶 자체가 달라지진 않겠지만 될 수 있는 한 가족들에게 착한 아들이며 우애 있는 형제로 기억되고 싶었다.

"세희는 분녕 싫다고 할 테고…… 세언이 누나나 꼬셔볼까?"

마지못해 고개를 끄덕일 한세연을 떠올리며 한정훈이 슬쩍 입가를 비틀어 올렸다. 한세연에 이어 한세아와 한세희까지 가족끼리 다 함께 운동을 할 걸 생각하니 괜히 기분이 좋아졌다.

그때였다.

"먼저 갈게요."

저만치 달려갔던 체대생 사내가 여동생을 질질 끌고 한정훈의 앞을 스쳐 되돌아갔다.

"이런, 나도 서둘러야겠다."

한정훈도 슬슬 시동을 걸었다. 김운태 감독에게 수비 훈련을 시작하라는 지시를 받은 만큼 조금 더 체중 감량에 박차를 가해야 할 것 같았다.

3

"한정훈이 누구야?"

"이번에 들어온 신인이라는데?"

"1학년이야? 그런데 3번을 쳤다고?"

"2라운드였잖아. 그냥 한번 넣어본 거겠지."

"그냥 한번 넣었는데 홈런 2개에 9타점을 쓸어 담아?"

"서린에서 그런 미친놈 나오는 게 어디 한둘인가?"

"하긴, 서린이었지."

"그래. 그러니까 너무 호들갑 떨지 말고 지켜보자고. 그리고 서린에서 주목할 건 강승혁이지 1학년이 아니야."

"누가 뭐래도 서린의 4번 타자는 강승혁이니까."

한정훈의 맹활약을 접한 기자들의 반응은 대체적으로 비슷했다.

판단 유보.

고작 한 경기만으로는 판가름하기가 쉽지 않다는 것이다.

물론 한정훈에 대한 전반적인 평가는 좋았다. 비록 초반 라운드라고는 하지만 1학년이 한 경기에서 2개의 홈런을 때려 내며 9개의 타점을 올리기란 결코 쉬운 일이 아니었다.

하지만 2라운드에서 빼어난 활약을 펼친 타자는 한두 명이 아니었다.

무실점 호투를 펼친 투수만 다섯이고 3안타 이상을 친 타자만 열일곱 명이었다. 그중에서도 대명 상업 고등학교 에이스 조석훈과 광주 인성 고등학교 4번 타자 김주현이 한정훈 못지 않은 주목을 받았다.

조석훈은 지난해 황금사자기 4강 팀인 강호 휘명 고등학교를 상대로 7이닝 1피안타 10탈삼진 호투를 펼쳤고 김주현도 2개의 홈런과 6타점을 기록하며 부울경 최강인 경암 고등학교를 9 대 8로 꺾는 데 혁혁한 공을 세웠다.

객관적인 기록만 놓고 보자면 한정훈이 낫겠지만 휘명 고등학교나 경암 고등학교에 비해 강은 고등학교는 무게감이 떨어졌다. 그래서 경기를 보지 않은 몇몇 기자는 한정훈이 약팀에만 강한 스타일일지도 모른다고 예단하기도 했다.

하지만 3라운드 경기에 이어 4라운드(8강전).까지 끝이 나면서 상황이 달라졌다.

서린 고등학교의 3라운드 상대는 북인 고등학교. 지난해 청룡기 4강에서 맞붙은 충청권의 강호였다.

북인 고등학교는 아껴두었던 에이스 고상진 카드를 뽑아들었다. 작년보다 못하다곤 해도 서린은 서린이었다. 서린을 상대로 이기려면 최선을 다할 수밖에 없었다.

반면 김운태 감독은 4라운드 상대인 광주인고전을 대비해 에이스 김진태를 아껴 두고 2선발 김성찬을 선발로 내세웠다.

선발 명단을 확인한 기자들은 하나같이 혀를 내둘렀다. 역시 김운태 감독이라는 감탄도 없지 않았지만 그보다 미쳤다거나 무리수를 뒀다는 의견이 더 많았다. 선발의 무게감만 놓고 봤을 때 서린 고등학교가 경기를 주도하기가 쉽지 않을 거라는 전망이 지배적이었다.

하지만 막상 뚜껑을 열자 예상치 못한 결과가 쏟아져 나왔다.

서린 고등학교의 2학년 선발 김성찬은 만만찮은 북인고 타선을 상대로 6이닝 동안 5개의 안타만 내주며 1실점으로 틀어막았다. 탈삼진은 6개. 특별히 두드러진 숫자는 아니지만 이닝마다 삼진을 솎아내며 3회 안에 강판될 거라는 기자들의 예언을 무색하게 만들었다.

반면 기대를 모았던 고상진은 5회를 채우지 못하고 무너졌다.

1회와 2회의 피칭은 나무랄 데가 없었지만 3회 초 1사 이후에 최주찬에게 2루타를 얻어맞으면서 투구가 꼬여 버렸다.

실점 위기에서 송민호를 풀카운트 접전 끝에 삼진으로 돌려세우며 한숨을 돌리는가 싶었지만 한정훈에게 무리한 승부를 걸다가 투런 홈런을 얻어맞으며 휘청거렸다.

그리고 연속 3안타를 허용하며 3회에만 4점을 내주고 말았다.

자존심이 상한 고상진은 5회 말, 무사 2루 상황에서 한정훈에게 또다시 승부를 걸었다.

그러나 결과는 연타석 홈런. 원 스트라이크 투 볼 상황에서 스트라이크를 잡기 위해 던졌던 체인지업이 몰리면서 두 번째 홈런을 내주고 말았다.

북인 고등학교 장만수 감독은 더 이상의 실점은 어렵다고 판단하고 투수 교체를 단행했다.

그러나 다급히 마운드에 오른 불펜 에이스 송찬신이 강승혁에게 솔로포를 헌납하며 점수는 7 대 1까지 벌어졌다.

불펜 투수를 총동원해 추가 실점을 막은 북인 고등학교는 7회 초 바뀐 투수 정상훈을 두들겨 2점을 쫓아가는 데 성공했다.

그러나 한 번 넘어간 분위기는 쉽게 되돌아오지 않았다.

오히려 7회 말 2사 2, 3루 상황에서 한정훈을 거르고 강승혁과 승부를 보려다 만루 홈런을 허용하면서 목표였던 황금 사자기 4강 진출의 꿈을 접고 말았다.

경기 종료 후 기자들은 강승혁을 MVP로 선정했다. 결승타를 친 한정훈보다 만루 홈런 포함 6타점을 쓸어 담은 강승혁에게 표가 쏠린 것이다.

"한정훈이라고 했지? 이 녀석 진짜 물건인데?"

"그러게 말이에요. 강은 고등학교 상대로 워낙 잘해서 오늘은 삽질할 줄 알았는데 이건 거의 강승혁급인데요?"

"기록만 놓고 보면 강승혁보다 낫지. 벌써 홈런 4방에 13타점인데."

기자들은 한정훈이 보여 준 잠재력만큼은 높이 평가했다.

그러나 여전히 실력보다는 운이 따랐다고 여기는 이들이 많았다.

"에이, 그래도 강승혁한테는 안 돼."

"그럼, 강승혁도 오늘 홈런 2개 때렸잖아? 이제 금방 따라잡힐 거라고."

"한정훈이 잘하고 있긴 하지만 다음 경기까진 지켜봐야 해."

"맞아, 전국 대회는 8강부터가 진짜니까."

몇몇 기자는 다음 경기부터 한정훈의 거품이 빠질 것이라고 단언했다. 이제 어느 정도 한정훈에 대한 분석이 이루어졌을 테니 지금처럼 활약하기란 불가능하리라 본 것이다.

그러나 정작 한정훈의 불방망이는 4라운드에서도 멈추지 않았다.

서린 고등학교의 8강전 상대는 지난해 봉황기 준우승에 빛나는 광주 인성 고등학교였다.

최근 3년간 전적은 5승 2패로 서린 고등학교가 앞서고 있었다.

그러나 지난해만 놓고 보자면 1승 1패로 팽팽한 상태였다.

특히나 3학년들이 졸업한 이후 맞붙은 10월의 협회장기에서 서린 고등학교는 광주 인성 고등학교에 8 대 1로 크게 졌다.

당시 선발로 나섰던 김진태는 5이닝동안 8피안타 4실점으로 부진했다. 반면 서린 고등학교 타자들은 광주 인성 고등학교의 핵잠수함 임창기의 공을 전혀 공략해내지 못했다.

"4강에 올라가는 건 광주 인성고가 될 겁니다."

광주 인성 고등학교 박인혁 감독은 기자들과의 인터뷰에서 승리를 자신했다. 협회장기의 좋은 기억을 떠나 강호 경암 고등학교와 군상 고등학교를 차례대로 완파하고 8강에 올라온 만큼 서린 고등학교도 충분히 해볼 수 있다고 판단한 것이다.

하지만 김운태 감독도 호락호락 당해줄 생각이 없었다.

"복수할 생각은 마라. 대신 에이스답게 던져라."

"알겠습니다, 감독님."

김운태 감독의 신뢰 속에 마운드에 오른 김진태는 광주인고의 강타선을 7이닝 동안 2실점으로 틀어막았다. 피안타는 단 4개. 4회에 광주인고 4번 타자 김주현에게 투런 홈런을 맞은 걸 제외하고는 이렇다 할 위기조차 없었다.

김진태가 마운드를 든든히 지키는 동안 타선에서는 한정훈이 맹활약했다.

1회 초, 1사 1루 상황에서 첫 타석에 들어선 한정훈은 임창기의 결정구인 싱커를 밀어쳐 1루 주자 최주찬을 홈으로 불러들이는 적시 2루타를 때려냈다.

3회 초 두 번째 타석에서는 10구 승부 끝에 볼넷을 얻어내 강승혁의 홈런에 간접적으로 기여했고, 3 대 2로 한 점 차 리드하던 5회 초 무사 주자 1, 3루 기회에서는 몸 쪽 낮게 떨어지는 싱커를 걷어 올려 해결사 본색을 드러냈다.

임창기가 강판당한 이후에도 한정훈의 방망이는 거침이 없었다.

7회 초, 광주 인성고 네 번째 투수 구성렬을 상대로 솔로 홈런을 때려내더니 9회 초 마지막 타석에서도 박상명의 하이 패스트볼을 통타해 담장 밖으로 넘기며 승부의 마침표를 찍었다.

최종 스코어 9 대 2.

작년 협회장기 때 당했던 수모를 고스란히 되갚으며 서린고등학교가 5라운드(준결승전)에 진출했다.

경기 MVP는 한정훈의 차지였다.

5타석 4타수 4안타 3홈런 7타점 4득점.

이번 대회 한 경기 최다 홈런, 최다 득점 기록을 갈아치운 한정훈의 활약상 앞에 감히 그 누구도 이견을 보이지 못했다.

"젠장, 또 정훈이네."

"그러게나 말이다."

"너희들 때문에 난 뭐냐. 진짜 완전 쩌리된 기분이야."

MVP 기념 촬영을 하는 한정훈을 바라보며 최주찬과 강승혁, 김진태가 돌아가며 한숨을 내쉬었다.

오늘 최주찬은 홈런이 빠진 사이클링 히트(5타수 3안타 3득점).를 치며 밥상을 차렸고 강승혁도 투런 홈런 포함 3타수 2안타 2타점으로 제몫을 톡톡히 해냈다. 김진태도 7이닝 동안 10개의 탈삼진을 잡아내며 에이스다운 피칭을 선보였다.

하지만 그중 누구도 한정훈 앞에선 명함을 내밀지 못했다. 타석에 들어서서 쳤다 하면 홈런이니 황금사자기 MVP 1순위로 꼽혔던 강승혁조차 맥이 빠질 지경이었다.

하지만 방송사 앞에서 처음으로 인터뷰를 하는 한정훈의 표정도 썩 밝지는 않았다.

특별히 인터뷰가 낯설어서가 아니었다.

"한~뚱!"

"한! 뚱! 한! 뚱!"

서린 고등학교 응원석에서 들려오는 그놈의 '한뚱' 소리 때문이었다.

'타이거즈에 선뚱이 있고 이글스에 류뚱이 있다면 서린에는 한뚱이 있다.'

강은 고등학교전이 끝나고

아들만큼이나 입담 좋은 최주찬의 아버지가 술기운에 떠든 이 한마디 때문에 한정훈의 별명은 한뚱으로 결정이 나버렸다.

한정훈이 뒤늦게 그 사실을 알았을 때는 이미 한뚱이라는 응원 피켓까지 제작이 된 뒤였다.

'내가 진짜 살 빼고 만다.'

한뚱을 연호하는 응원석을 바라보며 한정훈이 빠득 이를 갈았다.

그러나 한뚱이라는 애칭은 두고두고 회자되며 야구팬들의 입과 귀를 즐겁게 만들어주었다.

to be continued